Domenico Della Valle

# Il miracolo di
# TAMI WONDER
## (Overseas)

Gennaio 2022
*E* – **DVD**
Cuneo

*A mia sorella,*
*Alla mia famiglia,*
*A mia moglie*

**Tamiru** (Miracolo) –

*Iniziando a scrivere questa storia, non avevo idea se potesse diventare un romanzo o un racconto ispirato da suggestioni, memorie, corrispondenza, avvenimenti reali, testimonianze. Certamente hanno trovato spazio le mie idee riguardo all'umanità e alla sensibilità verso gli "**ultimi**".*

*Jenny si imbatte in Tamiru, predestinato a morire.*

*Tamiru e Halima nascono nel posto più sbagliato, per chi ha l'ambizione di vivere. Vengono concepiti con un atto d'amore in un secondo piano interrato del Mondo, dove l'ascensore neanche arriva e si convive con la morte per fame. Solo uno dei gemelli, al contrario della sorellina, dei genitori e della maggior parte dei suoi coinquilini, incontra un angelo che ha sbagliato strada e si trova lì per caso. Jenny, per la verità, non è proprio un angelo né sente alcun richiamo ultraterreno: è una preda in fuga, con successo perché nessuno l'ha inseguita nell'inferno. Fa appena in tempo a compiacersene, quando si accorge del posto in cui è finita. Passa rapidamente dal disgusto all'orrore, dall'incredulità a un crescente disagio. Non si sente un'eroina ma, ritemprata dall'esperienza, interrompe la fuga: infondo, il mondo da cui proviene le appare meno terribile e ha imparato a non averne paura. Il destino è crudele e le lascia poco tempo per vedere la crescita spirituale di Tami Wonder che, grazie al all'impulso da lei ricevuto, prosegue il suo cammino precocemente interrotto. La crescita avviene in un contesto in cui non perde di vista la sua missione pur raggiungendo un successo tale da costituire un terreno ideale per lo sviluppo dell'egoismo. Si scontra con l'opposizione più tenace che tenta di abbatterlo, ma sopravvive rimanendo coerente, pur modificando profondamente il modo di realizzare i suoi progetti. Sembra vagare in una fitta nebbia che gli nasconde il percorso, ma non perde di vista la meta che intende raggiungere.*

**Prologo**

Mi chiamo Tamiru, rapper di successo, da un mese ho conosciuto la mia storia: me l'ha regalata Jenny, scritta in un diario che ho divorato in una notte, prima che un cancro se la portasse via per sempre. Chi è Jenny? Era la mia mammina adottiva; per la verità lei era quasi sempre in giro a lavorare e trascorrevo la maggior parte del tempo con la sua mamma, nonna Maggie. Non voleva che la vedessi poco prima che morisse, poi, improvvisamente cambiò idea. Mi hanno detto che ha preteso una lunga preparazione per quell'ultimo incontro. Oltre al *trucco e parrucco*, ha curato le luci e perfino la diffusione di una musica discreta, non troppo malinconica, accompagnata da un profumo dall'essenza a me familiare, perché era quella che lei usava da sempre. Le portai un mazzetto di roselline che, con un bacio mandato a volo con la mano, la fecero sorridere. Non riusciva più a parlare, come mi avevano detto. Ci guardammo in silenzio per qualche minuto, come a voler memorizzare reciprocamente i nostri volti. Le lacrime uscirono prima a me e posero fine alla contemplazione. Ci eravamo detti un mondo di cose senza aprir bocca. Poi Jenny sembrò aver fretta; con il suo sguardo, indirizzò il mio verso il comodino indicandomi un libretto con un ritaglio di carta su cui era scritto in stampatello "per Tamiru". Lo presi, lo guardai senza aprirlo e gestualmente le chiesi "è per me?". Annuì impercettibilmente e mi congedò chiudendo gli occhi senza più riaprirli. Uscii disperato cercando di rimanere compresso in un pugno, senza riuscire a impedire l'esondazione delle lacrime quando incontrai le braccia di nonna Maggie. Partecipai a tutte le operazioni e alle cerimonie di commiato e chiusi rapidamente il capitolo del distacco da Jenny. Poi rimasi a pensare con quel libretto davanti, senza decidermi ad aprirlo.

Volevo essere preparato, ben disposto e concentrato, come quando mi preparavo facendo le prove per un concerto o nello studio di registrazione. Il lavoro mi distrasse per diversi giorni finché la pandemia di Covid 19 non impose un drastico lock down; decisi di trascorrerlo da nonna Maggie, che avevo sentito solo telefonicamente. Mi portai tutte le appendici elettroniche e mediatiche e, prima di uscire, adocchiai e afferrai a volo il libricino che mi aveva lasciato Jenny.

Carissimo Tamiru

da quando ho saputo che presto ti lascerò, ho pensato che fosse giusto farti conoscere le tue origini per aiutarti, qualora ne sentissi la necessità, a risalire verso quelle radici nascoste perché vivessi la tua infanzia e l'adolescenza sentendoti come tutti gli altri tuoi coetanei, senza subire complessi di inferiorità o discriminazioni, per porti nella condizione di sviluppare e liberare le tue capacità e cogliere tutte le possibili *chances*, come orgogliosamente ho fatto in tempo a verificare. Sei la dimostrazione definitiva che avevo ragione! Per questo desidero lasciarti il *testimone*, come nella staffetta quattro per cento. Si tratta di questo libricino, una specie di diario in cui c'è un poco della mia storia, di come sono arrivata a incontrare te e la tua famiglia, dei tuoi primi anni di vita fino al dodicesimo. Avrei continuato, ma ho posto questo limite solo... per mancanza di tempo. Credo comunque che da quella età, potrai usare al meglio i tuoi ricordi diretti; spero, che quelli riguardanti me siano belli, anche quando ho dovuto far la severa nel poco tempo che ho potuto dedicarti. Per questo non trascurare la mia povera mamy, nonna Maggie: se oggi sei il mio adorato Tami Wonder, lo devi soprattutto a lei. Occupatene più di quanto non abbia fatto io negli ultimi anni; non sentirlo come un semplice dovere di riconoscenza, perché sarebbe insostenibile. Conoscendoti, sarà sufficiente lasciarti guidare dal cuore stesso che ha portato al successo questo mio grande rapper a cui auguro tanta fortuna.

Comincio a parlarti di me, da quando avevo la tua età e mi affacciavo alla vita da adulta, abbastanza ingenua, piena di entusiasmo e senza aver conosciuto grandi delusioni, a parte qualche piccolo flirt.

**Regista di spot**

Credevo davvero che dopo aver studiato con impegno e passione, avendo avuto la fortuna di essere stata segnalata alla Jefferson art Production, la strada verso la realizzazione dei miei sogni fosse spianata. Inserita fin da subito in un gruppo di *veterani,* avevo cominciato ad apprezzare il lavoro in *team* che mi vedeva rispondere bene all'incitamento a condividere le esperienze maturate e vissute, i gusti personali, a giudicare o commentare le idee degli altri. La realizzazione pratica dei progetti di importanti campagne pubblicitarie costituiva la fonte maggiore di adrenalina. Sentivo crescere le mie competenze e diventava sempre più naturale venire a contatto con personaggi famosi, testimonial dei marchi più importanti, lasciandomi immaginare un futuro splendido. Dopo cinque anni, ero cresciuta abbastanza per accedere al livello superiore di regista di spot. gli affari della Jefferson art Production andavano così bene che la direzione aveva richiesto la formazione di tre nuovi gruppi. Insieme a una coppia di colleghi, fui proposta dal nostro capo e maestro. Invito a cena in un ristorante molto diverso da quelli che io, ma anche i miei compagni, avessimo mai frequentato con due dei fratelli fondatori della società. Eravamo stati informati della loro affabilità che non scadeva mai nella familiarità, dell'eleganza che ci aveva spinto a spendere una cifra inusuale dei nostri risparmi per abbigliamento, accessori e cura dell'estetica. Dopo le apprensioni per l'attesa dell'*evento,* la serata proseguì piacevolmente, alternando momenti mirati a una conoscenza più approfondita delle nostre competenze, alla modalità di utilizzarle e applicarle ai progetti di sviluppo della società. Vivevo tra realtà e prospettive di carriera a mio agio, credendo davvero di essere molto fortunata, di non aver perso un minuto nel trovare la strada giusta per la mia vita. Volato il tempo della cena troppo rapidamente, così mi era parso, ci salutammo e, pur essendo sufficientemente sobria rispetto agli alcolici, non altrettanto mi sentivo per la felicità: anche se sulle guance, irritualmente baciai i Jefferson. Come età, potevano essere entrambi miei nonni o quasi. Il più vecchio non si ritrasse ma si dimostrò sorpreso e replicò con un elegantissimo baciamano, il *giovane* Michael sorrise e... cercò il contatto fisico.

Nei giorni successivi, presi possesso del nuovo ufficio e

conobbi la squadra dei miei collaboratori. Ebbi un giorno di tregua ed esultai quando lessi la mail dalla direzione che preannunciava per il giorno successivo l'assegnazione delle campagne pubblicitarie. Mi aveva fatto palpitare leggere, *Gentile regista Jennifer Jefferson.*

Bussò alla porta un Michal Jefferson sorridente; mi alzai e gli andai incontro ricambiando il sorriso. Fu lui a prendere l'iniziativa di replicare il saluto al ristorante di qualche sera prima. Non mi ritrassi ma provai un forte senso di disagio per un contatto troppo invadente. Recuperai la situazione indicandogli la sedia e sedendomi dietro la mia scrivania. Apparve domato. Acquisì un tono più professionale, non rinunciando alle *avances*. Mi disse – Jenny, sono venuto per preannunciarle i tre blocchi di campagne che affideremo domani. Sono tutti molto impegnativi e saranno il primo banco di prova per tutti voi esordienti. Ogni blocco avrà un budget differente in base all'investimento dei clienti. Noi non concediamo il lavoro per estrazione a sorte perché non possiamo rischiare l'insuccesso. Secondo me l'unica, che potrebbe essere in grado di affrontare brillantemente qualunque delle tre fatiche, è lei. Per gli altri due suoi amici la scelta sarebbe più facile. Vorrei offrirle quella che preferisce, che sente di poter allestire con maggiore efficacia, ottenendone anche maggiore soddisfazione. Questa sera l'aspetto nel mio ufficio della *suite* al Carlyle per darle qualche anticipazione o domani resterà in balia di un CDA ristretto ma severo, in cui io dovrò dimostrarmi assolutamente imparziale e, per non lasciar trapelare la mia... simpatia per lei, dovrò dare la precedenza di scelta agli altri due. Gli appuntamenti col successo non sono frequenti nella vita: dipendono spesso dalle scelte, assolutamente libere, che fa ognuno di noi – Si alzò, sorrise e uscì. Non ci volle molto per elaborare la proposta educata ma indecente; ci volle ancora meno per tornare con i piedi per terra e decidere di non accettarla. Non è che quel Jefferson non avesse il suo fascino o non avrebbe potuto conquistarmi, nonostante la differenza d'età. Ma ho sentito una brutalità inaccettabile per la veloce mercificazione che aveva fatto del mio corpo. Guardandomi allo specchio, andando a letto col mio capo, senza nemmeno una relazione accurata, mi sarei vista come una prostituta. La razionalità mi fece pensare che una delle tre campagne, comunque, l'avrei ottenuta: avrei potuto rinviare "l'appuntamento col successo" guadagnandomelo sul campo, senza vendermi!

Combinai una cena in una pizzeria italiana con i miei due candidati concorrenti senza ovviamente, fare alcun accenno alla proposta ricevuta, riuscendo a tornare felicemente nella mia dimensione ottimista e pulita.

Il mattino successivo, giunta l'ora, fummo introdotti tutti e tre insieme al cospetto della Commissione. Dopo una breve introduzione del Presidente, in cui furono presentate le tre campagne pubblicitarie di cui dovevamo occuparci, Michael Jefferson, che mi aveva atteso invano, immaginando forse di aver capito quale strategia dovesse attuare per portarmi a letto, propose di lasciare la scelta casuale all'ordine alfabetico: a me quindi! Per ribadire la mia risposta implicita, mi schernii e passai la mano agli altri due. La ragazza scelse un *ricco piatto* a base di moda e profumi; il collega il lancio di un nuovo marchio di fast food e annessi centri commerciali con distributori di carburanti. A me rimase la produzione di spot per una serie di Organizzazioni umanitarie. Ero felice ugualmente. Avevo una squadra di quattro collaboratori: due tecnici, una segretaria di produzione *factotum* e un interprete. Il piano finanziava due trasferte, una in Africa e una in Asia e, sulle tracce fornite dai clienti, dovevamo cercare di creare immagini e spot capaci di ammorbidire non solo la corteccia dura che protegge il patrimonio dei ricchi, ma anche la sensibilità del maggior numero possibile di benefattori distratti. Ebbi un tempo discreto per appuntare una serie di trame che mirassero a ottenere i risultati richiesti senza le esagerazioni di tanti concorrenti. Gli spots validi per tanto tempo, non riuscivano a essere più molto efficaci, pur con stupende immagini toccanti o suoni struggenti a cui il pubblico ormai si era assuefatto. I *briefing* di preparazione servirono a creare le premesse di una collaborazione che puntasse o centrare l'obiettivo e permise a tutti di affinare metodo e scelta di attrezzature ridotte ma specificatamente idonee. Nel pranzo del giorno prima della partenza mi sentivo orgogliosa del ruolo affidatomi: mi sentivo capo e parte di una squadra di veri professionisti rispettosi del loro lavoro, non di bravi apprendisti.

**Casting, ricerca effetti e scenografia**
Partimmo alle otto e trenta per Adis Abeba in Etiopia e, a turno, parlai con tutta la *squadra.* Il posto accanto al mio era di Judy, la segretaria di produzione, con la quale iniziai a definire i dettagli principali della logistica, del piano che richiedeva una sorta di casting basato sull'osservazione e la ricerca di ambientazioni reali che non avessero bisogno di scenografie manipolate o utilizzasse come protagonisti locali attori *professionisti.* La ragazza fu d'accordo specialmente per i costi; prevedeva che il maggior tempo per la ricerca, si sarebbe compensato con il minor costo degli *attori dilettanti.* Glielo lasciai pensare pur provando un certo fastidio indefinito a sentir parlare di questa forma di sfruttamento ulteriore degli *ultimi.* Ai tecnici, succedutisi a turno al posto di Judy, chiesi di non essere invadenti e di non pretendere di raggiungere *l'optimum* per l'esecuzione della loro parte di lavoro. Avrebbero dovuto cogliere il meglio di ogni situazione senza adattare persone e luoghi, pretendere spostamenti o ripetizioni, attendere il momento migliore. L'interprete Jamila fu l'ultima. La conoscenza dell'Arabo e dell'Amarico, le avrebbero facilitato la comprensione dei numerosi dialetti utilizzati in maniera esclusiva nelle zone della nostra destinazione. Le dissi che volevo raggiungere gli ultimi nel posto da dove, o per incapacità, per mancanza di forze, o per costrizione non riuscivano a raggiungere le numerose missioni, i centri di volontariato laico o le scarse strutture statali per ricevere cure, assistenza, solidarietà, speranza di un futuro migliore. La ragazza, di origini Somale, sembrò preoccuparsi. Mi guardò interrogativamente e poi mi disse

che conosceva abbastanza i luoghi, essendo arrivata fino alla zona di Gambo ove c'era il General rural Hospital. Ricordava di aver visto sulle numerose persone, accolte presso la struttura e nei dintorni, gli effetti tanto più apprezzabili quanto maggiore era stato il periodo in cui erano state assistite; accanto, però, una miriade di ultimi arrivati aspettava con la speranza di fare in tempo ad *accedere* alla salvezza. Solo il parlarne le generava ancora brividi. Non mi sentivo cinica a pensare che quella realtà era stata già ben rappresentata da docu-film oltre che dal tipo di spot che mi era stato commissionato. A tutti, in ogni parte del mondo benestante, erano giunte le immagini di denutriti dalla pancia gonfia, scheletri rachitici rivestiti a malapena di pelle, deformati dalla lebbra, di madri poco più grandi dei figli che avevano in braccio, donne e bambini costretti a percorrere chilometri per recuperare acqua o legna, le contese quotidiane per sopravvivere, la *resilienza alla morte*. Visti i risultati, mi sembrava che bisognasse modificare i piani per ottenere una maggiore efficacia del messaggio. La lunghezza del volo mi portò ad assopirmi lasciando una parte di me vigile e intenta a cercare l'idea di svolta necessaria. In un primo momento, mi sembrò geniale pensare che anche gli ultimi arrivati a Gambo, por non avendo avuto accesso agli aiuti materiali, nutrissero ancora la speranza, quella che li aveva spinti a intraprendere un cammino a piedi, trascinando figli o congiunti incapaci di farlo autonomamente, privandosi completamente di tutto per conquistare l'ultimo posto di attesa, una prospettiva da contrapporre alla rassegnazione dei tanti al di sotto che, privati del diritto di sopravvivere, hanno perso anche l'istinto di sopravvivenza, la sensibilità al dolore e muoiono inconsapevolmente. Forse, sarebbe stata una buona idea andare a cercare questi.

Poco prima delle 20,00, ora locale, giungemmo ad Addis Abeba dove venimmo intercettati da Amadi che ci accompagnò in albergo e, per tutto il tempo, sarebbe stata la nostra guida. Due suoi congiunti ci avrebbero seguiti con una vecchia Jeep per scortarci e dissuadere qualche azione banditesca improvvisata o appetiti eccessivi su attrezzature e bagagli.

Credo di dover ridurre i dettagli se voglio completare il mio disegno, caro Tamiru. Al mattino partimmo carichi di entusiasmo per Shashamane. quattro ore per percorrere una strada tutto sommato accettabile. A destinazione ci consigliarono di pranzare gustando intensamente il cibo, perché dopo ci saremmo dovuti adattare a una cucina molto semplice e diversa da quella a cui eravamo abituati.

Nel pomeriggio ci avviammo a Gambo. Amadi, venuto a conoscenza della nostra intenzione di non fermarci nella frazione per proseguire verso la foresta, ci convinse a depositare le attrezzature in un hotel di fiducia. per molto meno, tanta gente era stata massacrata o era sparita nel nulla. Visto il livello della *tecnologia* tascabile a disposizione, i tecnici assicurarono che sarebbe stata adeguata e il materiale raccolto avrebbe potuto subire successivamente una elaborazione illimitata. Parlare di questo, però, ci rese consapevoli di un aspetto che non avevamo sufficientemente valutato in precedenza: il rischio.

Imboccammo una strada in terra battuta da poco risistemata, finite le piogge. Dopo quasi venti chilometri, giungemmo di fronte al GENERAL RURAL HOSPITAL, nato per accogliere lebbrosi e tubercolotici. Poco dopo trovammo la nostra *base*, una sorta di hotel costituito da un insieme di capanne che strutturalmente apparivano dei *tucul*, ma all'interno presentavano caratteristiche e comodità ben diverse, adeguate a turisti e ospiti non poveri. Ci eravamo informati riguardo alle necessità più urgenti e carenti dell'ospedale e, per questo, avevamo preparato alcune scatole con medicinali, materiali medico-chirurgici e generi di conforto per volontari e pazienti. Judy aveva preparato anche un assegno dal fondo della Jefferson che incrementammo spontaneamente con un nostro contributo unico di quote anonime. In ospedale non sono rare le visite di benefattori che vengono accolti sempre con gentilezza e garbo, anche perché, insieme ai volontari che offrono il loro servizio gratuitamente, sono l'unica fonte di finanziamento dei costi della struttura. Rispettammo l'orario e l'itinerario di visita; il medico direttore con una infermiera ci accompagnarono per i reparti visitabili. Vedemmo molti volti sorridenti; il fotografo si limitò a eseguire pochi scatti, solo quando veniva sollecitato a farlo dal personale o dagli stessi pazienti. Uno di loro, o meglio, il papà di Sashua, si avvicinò e con i gesti mi chiamò in disparte. Con un cenno chiesi il supporto di Jamila che mi affiancò. L'uomo iniziò a parlare sommessamente dicendo che alla sua bambina avrebbe fatto piacere vedermi. Lo seguimmo oltre una tenda che ci separava da una *stanzetta* con un lettino e un cartone ripiegato accanto. Non conoscevamo il motivo del ricovero, ma l'aspetto tradiva una denutrizione troppo accentuata e, le numerose bende, la medicazione di diffuse piaghe da decubito dovute alla immobilità di quell'esserino che, comunque, ci accolse con un sorriso, salutandoci con un cenno della mano. Cercai di superare l'impatto brusco con quella realtà cercando di sorridere disinvoltamente; menomale che mi ero preparata anche psicologicamente... le chiesi il nome e che età avesse. Rispose il padre: l'unico che avesse trovato un metodo di comunicazione con la figlia, ormai anche incapace di parlare. Raccontò che la bambina aveva undici anni ed era la più *grande* di tre figli; altri tre erano morti poco dopo la nascita. Per un mese, la piccola non era riuscita più a muoversi dal letto e a provvedere a sé stessa. Il futuro marito di Sashua, figlio del capo tribù appena deceduto, gli aveva ordinato di portarla all'ospedale perché non avrebbe potuto sposarla così magra, sperando che in qualche settimana, l'avrebbero rimessa su. Gli aveva prestato un carretto e promesso di occuparsi della moglie e dei due piccoli gemelli durante la sua assenza, come acconto del *prezzo*, dopo la caparra già ricevuta. La loro capanna era a cinque ore di cammino dall'ospedale e l'uomo era preoccupato che la figlia morisse lungo il tragitto e lui non potesse pagare il *debito.* Confessò che aveva pensato di abbandonarla e tornare subito per evitare che la cifra aumentasse al punto da diventare schiavo con tutta la famiglia; avrebbe cercato di convincere lo sposo ad aspettare, promettendogli la gemellina al compimento dei sette anni. Dopo due ore di cammino vissute nell'angoscia, presa Sashua in braccio, le aveva baciato la fronte mentre stava per posarla e abbandonarla poco distante dal sentiero. Da quando aveva cominciato a star proprio male, vide accendersi nuovamente un sorriso sul volto della figlia. L'aveva stretta e, riportatala sul carretto, decise di proseguire fino all'ospedale. L'uomo sembrava felice delle scelte fatte e fiducioso del *lieto fine* che sperava. Io e Jamila eravamo inorridite e, con grande sforzo, riuscimmo a non fuggire prima di aver espresso la nostra solidarietà al babbo e sorriso alla piccola, promettendo che prestissimo saremmo ritornate. Jacqueline, suora missionaria, aveva assistito alla parte finale del racconto. Anche lei mostrò il suo turbamento. Ci accompagnò in prendere del the vicino alla cucina. Ci informò che l'uomo era stato quasi per tutto il tempo in silenzio; non aveva raccontato a nessuno quella storia terribile. La bambina, purtroppo, dopo aver risposto inizialmente in maniera incoraggiante alle cure per recuperare le condizioni in cui l'aveva condotta la denutrizione, aveva ripreso la china negativa di un fisico giovane irrimediabilmente compromesso. Lei aveva sentito parlare di certe usanze tribali presso le comunità che vivevano all'interno, di leggi ancestrali, rispettate e temute più di quelle ufficiali che proibivano simili pratiche; forse qualcuno approfittava della maggiore ignoranza degli altri, ma non era Salim l'orco che i bambini non dovrebbero mai incontrare. - Nel Mondo *civile* sappiamo della presenza ormonale già dalla nascita. Lo sforzo della crescita esponenziale dei primi mesi, ne attenua la presenza fino a quattro o cinque anni; poi ricomincia con manifestazioni evidenti che, molte popolazioni poco evolute, confondono con la maturità sessuale, mentre si tratta della ripresa normale (non sempre) della produzione di ormoni che indirizza e conduce i bambini alla pubertà. Salim mi pare in buona fede e, senza traumatizzarlo, lo stiamo informando. - Mi distrassi. La religiosa aveva colmato con poche semplici parole una mia lacuna della conoscenza. Forse poteva essere quella la risposta a tante inclinazioni, da molte ritenute anomale deviazioni sessuali. Riprendendomi, domandai alla suora perché la loro opera si fosse fermata all'ospedale di Gambo e nessuno si avventurasse per raggiungere gli angoli più sperduti, quelli popolati dai meno fortunati degli ultimi. Mi sorrise pazientemente comprendendo la mia ignoranza. Come potevo conoscere l'attività svolta in silenzio da decine di volontari religiosi e laici che s'incamminavano lungo sentieri precari, in tutte le direzioni, per raggiungere le *enclave* che non amano sempre i soccorritori, gli stranieri, tutto ciò che tende a cambiare la loro vita. I capi sono padroni assoluti: i più illuminati accettano gli aiuti temporaneamente, gli ostili rifiutano e minacciano qualunque intervento *estraneo*, i non bellicosi migrano verso zone più remote, sempre meno accessibili. In molti, nel passato, si erano avventurati mancando settimane, riportando notizie di esperienze tali da sconvolgere la più preparata e solida mente umana. Più di qualcuno mancava da anni senza aver più fatto ritorno o aver dato sue notizie. In qualche caso sono stati mandati i militari a cercare gli scomparsi, ma le brevi ricerche erano rimaste sempre senza esito. Ottime premesse!

**Gocce d'acqua nel deserto**

Il progetto subì un duro colpo al solo contatto con la realtà appena scorta all'inizio dell'*impresa* e dopo il racconto attendibile della suora. Sentivo la responsabilità del gruppo affidatomi e non mi ritenevo così spregiudicata da accettare un rischio troppo elevato. Prima di fare la scelta che mi competeva, decisi di dedicare qualche giorno all'ospedale rurale e alla situazione visibile nelle sue immediate vicinanze. Divisi la squadra in due coppie e le sguinzagliai a caccia di immagini e scene che potessero servire allo scopo per cui ci trovavamo li. Io chiesi alla suora di poterla aiutare e accompagnare per qualche ora, premettendo che non avevo ispirazioni religiose. Sorrise concedendomi tre giorni di *attività* anche perché, in quell'intervallo, avrei potuto osservarle tutte.

Mi fece leggere gli obiettivi che si proponeva la missione posti in bella vista: Progetti completi in Etiopia, da realizzare a

Oromya sud, anche nella regione rurale di Gambo. Ricordo fra gli obiettivi da attuare per lo sviluppo sostenibile entro il 2030:

1. Eliminare la povertà in tutte le sue forme nel mondo.

2. Porre fine alla fame, raggiungere la sicurezza alimentare e una migliore nutrizione e promuovere un'agricoltura sostenibile.

3. Garantire una vita sana e promuovere il benessere per tutti a tutte le età.

4. Garantire un'istruzione di qualità inclusiva ed equa e promuovere opportunità di apprendimento permanente per tutti. Raggiungere l'uguaglianza di genere e responsabilizzare tutte le donne e le ragazze.

5. Garantire la disponibilità e la gestione sostenibile dell'acqua e dei servizi igienico-sanitari per tutti.

6. Ridurre le disuguaglianze tra i paesi e al loro interno.

7. Promuovere società pacifiche e inclusive per lo sviluppo sostenibile, facilitare l'accesso alla giustizia per tutti e creare istituzioni efficaci, responsabili e inclusive a tutti i livelli.

8. Rafforzare i mezzi di attuazione e rilanciare la *partnership* globale per lo sviluppo sostenibile...

In pratica si poneva ambiziosamente un termine alla Dichiarazione Universale dei Diritti dell'Uomo, approvata dalle nazioni unite a dicembre del 1948. Vedere a che punto fossimo giunti in tante parti del Mondo e proprio lì, in quella parte di Etiopia in cui mi trovavo, dopo più di settant'anni dalla sottoscrizione del Documento, mi fece riflettere sui passi avanti fatti, ma anche su quanto pochi e disomogenei risultassero. Da lontano, quelle scarse volte che ero stata accompagnata a riflettere fin da bambina, immaginavo la miriade di interventi umanitari, disseminata su tutto il Globo, altro non costituisse che una dispersione di gocce d'acqua insufficienti a produrre i cambiamenti auspicati. Lo dissi a

Jacqueline, mentre passavamo accanto alla fila davanti agli ambulatori di analisi, ecografia, radiologia – Credi che le persone che vedi sarebbero ugualmente qui, se non ci fossero, infermieri e gli altri volontari che hanno dovuto prima spiegare e poi convincere sull'utilità e l'efficacia della loro attività? – Non era ciò che avevo messo in discussione, ma risposi ruotando negativamente la testa. Proseguimmo e mi spiegò che, dalle tre sezioni originarie in cui era organizzato l'ospedale, lebbrosario, medicina generale, TBC, era passato a comprendere pediatria, medicina, maternità, chirurgia, e sala operatoria. Gli scarsi e inadeguati giacigli di fortuna, si erano convertiti in più di centocinquanta letti. Con orgoglio e gioia la suora mi snocciolava i numeri positivi della struttura a cui accedevano almeno duecentocinquanta pazienti al giorno.

Il territorio di competenza dell'ospedale avrebbe dovuto comprendere centomila persone, ma la zona di provenienza dei pazienti dimostrava che il bacino d'utenza era molto più vasto e in tanti intraprendevano veri e propri viaggi verso la salvezza, per loro epocali, sia per la durata che per le *vie* di collegamento.

Un dirigente sanitario dottore guidava un medico eritreo, una squadra composta di professionisti etiopi: una dottoressa generale e una chirurga, cinque capo sala, cinque tecnici di laboratorio, un assistente di sala operatoria, un tecnico di farmacia. Anche il rimanente personale, distribuito tra infermieri, impiegati, addetti a pulizia e sanificazione, guardiani eccetera, per un totale di centoventi persone, era proveniente dal territorio.

Oltre alle cure mediche, ai malati che accedevano all'Ospedale venivano offerti servizi di medicina preventiva prenatale e di terapia per i bambini malnutriti e denutriti su un territorio composto da ventidue villaggi. Jacqueline proseguì affermando, senza risentimento, di capire che tutto ciò, visto da lontano, considerando il fabbisogno di ogni angolo della terra e la precarietà di una fragile economia limitrofa, legata alla variabilità del clima o all'imperversare di micro e grandi speculazioni commerciali, poteva apparire una vana goccia nella sabbia del deserto, ma  solo la dispersione di tante di quelle gocce e la loro moltiplicazione potevano ritrasformare i deserti in terre fertili sufficienti per tutti. La "lezione" terminò con la visita al lebbrosario e al sanatorio.

Mio caro Tamiru, non ero ancora convinta di aver incontrato la povertà degli ultimi. Avvertivo la sensazione che la gente arrivata in quel posto avesse messo alle spalle la miseria e difficilmente sarebbe tornata indietro. Anche uscendo dal perimetro dell'ospedale, la situazione non appariva come l'avevo immaginata. Molti si erano spinti prima di me a spiare, in tutto il Mondo, oltre i margini di tante città di opulenza apparente, degradante rapidamente da quartieri già definibili poveri, a baraccopoli in cui vive una umanità, distinguibile come tale solo per sembianze, lineamenti. L'attrazione verso lo star meglio, verso il benessere personale e della propria famiglia, ha spinto in passato e continua a ispirare migrazioni di intere popolazioni. Non volevo sentirmi eccentrica, ma desideravo cercare chi non aveva avuto ancora la possibilità di raggiungere i duemila abitanti del *miraggio* di Gambo e, tantomeno, l'ambizione di lasciare la frazione per inserirsi a Shashamane. Mi balenò improvvisamente un'idea. La traccia giusta sarebbe stata il padre di Sashua. Mi sarei fatta spiegare il tragitto per arrivare al suo villaggio. Se a piedi e con un carretto ci aveva messo cinque ore, col fuori strada avremmo impiegato circa mezz'ora, pensai. Con Jamila tornammo da Salim. Il volto dell'uomo si illuminò brevemente nel rivederci. Disse che la figlia da molte ore appariva addormentata. Respirava ma non gli *parlava* più. Mi avvicinai, la guardai e le sfiorai il piccolo volto con una carezza. Uscimmo dalla stanza dopo aver convinto Salim a prendere un the subito fuori dalla porta. Per qualche istante la luce del sole illuminò il suo volto. Mi parve quello di un giovane etiope oromi disperato che non credeva più nel miracolo di poter salvare la figlia - La sto perdendo – disse infatti, portandosi le mani il volto per coprirsi le lacrime. Mi commosse quella inaspettata umanità, dopo il racconto che avevo sentito giorni prima. Dopo l'orrore per l'apparente spregiudicatezza che avevo considerato una spietata assenza di valori e di morale, capivo in quel momento che i sentimenti erano solo nascosti da un'eredità culturale antica, primitiva, imposta crudelmente da capi indiscutibili, impegnati a tenere le loro vittime lontano dalle leggi ufficiali. Posai la mano sul braccio di Salim e gli dissi di sperare ancora. Mi rispose che dal responso aveva ricevuto dai dottori, solo Dio poteva fare qualcosa; le cure, il cibo, le medicine, a quel punto, non sarebbero bastati – Ma dove lo trovo, dov'è? Mi hanno portato nella cappella e mi hanno fatto vedere delle figure, degli idoli e tanta gente inginocchiata davanti. Preghiera, adorazione e poi aspettare i suoi regali. Comportati bene, fai tutto quello che lui vuole, prega e chiedi: Lui ti darà... Ci ho creduto per tanti giorni, ho rispettato le regole, ho ricevuto cibo, per me e per Sashua, assistenza per la bambina. Ora mi dicono che il premio potrebbe non essere qui, ma nel cielo... - Dicendo questo l'uomo scaricò la sua rabbia battendo un pugno sul tavolino. Meccanicamente, appena Salim si era aperto a quello sfogo, avevo attivato l'app di registrazione del portatile, intuendo che mi avrebbe aiutato a comprendere tanto dalle parole del giovane padre disperato. Lui prosegui – Un capo l'avevo già e il figlio doveva diventare mio genero. Anche lui mi chiedeva di rispettare le regole per ricevere premi; mi tenne a coltivare la sua terra insieme a mio padre; non ci mancava il cibo e riuscivamo a metterne anche un po' da parte per le annate di siccità o quando bisognava scambiarlo per qualche necessità. Quando a quindici anni ho conosciuto la mamma di Sashua, lei era di tre più piccola di me. Mi ha stregato col suo sorriso, si mise a correre come una gazzella e l'inseguii come un ghepardo, la raggiunsi e si lasciò vincere. Dissi a mio padre che volevo sposarla, ma lui si arrabbiò e poi mi mandò dal gran capo. Gli chiesi *perdono* per quello che avevo fatto e lo ottenni solo perché Aminah aveva avuto il *sorriso strano*, da bambina, non riusciva a succhiare il latte ed era destinata a morire. Uno di quei dottori che passavano per caso l'ha curata. Dopo qualche anno, era guarita e cresciuta, ma tutti avevano paura che fosse ancora *malata* e nessuno l'aveva chiesta ancora in sposa. Il capo, oltre a perdonarmi, regalò la festa per gli sposi. Nacque Sashua, bellissima, perfetta; poi, uno dopo l'altro, tre bambini dal *sorriso strano*. Due morirono presto per fame, non riuscivano a poppare, uno per la *cura* di uno stregone. Non si trovò a passare nessun dottore e il capo proibì di portare il bambino all'ospedale per la vergogna della tribù *colpita da quella maledizione*. Infine, sono arrivati i due gemelli. perfetti. Intanto Amina era diventata la donna più bella del villaggio e Sashua, crescendo, stava seguendo la madre. Per questo il capo, superata la paura della *maledizione*, la chiese in sposa per il figlio più grande – Come richiamato improvvisamente al presente, Salim si alzò e andò a controllare Sashua; si accertò che nulla fosse cambiato, indugiò ancora prima di uscire nuovamente, quindi riprese il racconto – Il giorno della Enkutatash, durante il mio turno di guardia al villaggio, il capo voleva Aminah, ma lei rifiutò e corse dai bambini, fra le anziane. Da allora io non fui più mandato a lavorare e, di nascosto, le altre donne ci davano il cibo per vivere. Poi la terra è diventata asciutta, non piovve per mesi interi e finirono gli aiuti. Con la carestia il capo riempiva il suo magazzino spogliando la sua gente anche di quel poco che aveva. Appena qualcuno si allontanava per cercare cibo, le tribù vicine difendendo il loro territorio, massacravano chiunque senza pietà. È allora che abbiamo cominciato ad apparire tutti più brutti e più cattivi, come animali feroci che si contendono la carogna di una preda morta. Poi anche il capo e lo stregone, gli unici sempre sazi, si ammalarono e morirono di dissenteria. I figli presero il loro rispettivi posti; cercarono i depositi dei cereali, nascosti anche a loro, e li trovarono semivuoti e infestati da parassiti. Contesero a topi aggressivi quello che restava e, fatta una cernita grossolana, razionarono fra la gente la parte residua. In questo posto mi ripetono che Dio c'è: ma io so di aver lasciato là un inferno di innocenti. Se qualcuno non li aiuterà, moriranno tutti e nessuno se ne accorgerà. Appena Sashua mi avrà lasciato, andrò a morire con loro. – Gli chiesi di rimanere vicino alla figlia. Io avrei preparato una spedizione con i soccorsi e lui ci avrebbe guidati. Obiettò che sarebbe stato impossibile arrivarci sia per la mancanza di strade, che per la presenza di tribù ostili con le stesse carenze. Mi guardò e, forse, notò che già mi stavo preoccupando di come aggirare quei problemi; per questo mi sorrise tendendomi la mano, prima di tornare dall'inferma.

Riuscì quasi subito: aveva lo sguardo perso nel vuoto. Ci volle poco per capire ciò che era accaduto: Sashua non c'era più! Abbracciai forte quel padre e raccolsi il suo pianto sommesso. Subito dopo fuggii come se avessi fretta di colmare il vuoto di Salim – Ora occupiamoci della vita che continua: non abbiamo molto tempo – gli gridai allontanandomi.

**Storia di Tamiru**

Parlai dell'aspetto economico del mio progetto con Judy, con Jacqueline per la parte che riguardava la possibile organizzazione. Il primo ostacolo da superare risultò la scelta dei mezzi. Avevo immaginato un'autocolonna di piccoli fuoristrada stracarichi di viveri e medicinali sufficienti a un primo intervento con un medico e un'infermiera, alla possibilità di prelevare il resto della famiglia di Salim e qualche altra persona bisognosa di cure urgenti, documentare l'operazione per la realizzazione del nostro lavoro. La religiosa prima cercò di attenuare il mio entusiasmo supportato dalla disponibilità di ingenti risorse, successivamente mi condusse a vedere il carretto con cui il padre aveva condotto Sashua in ospedale: una specie di carriola con una ruota centrale! – Per due chilometri il percorso è servito da una stradina costeggiata da campi coltivati e orti: poco più avanti si riduce in cinque sentieri adatti al *mezzo* che abbiamo davanti o forse a una moto fuori strada. Dopo un posto di guardia armato, inizia la foresta. Ultimamente nessun occidentale si è avventurato senza una scorta; al ritorno tutti hanno parlato di una situazione apocalittica, di violenza e di morte. - Tu mi conosci, adorato Tamiru, ho imparato a non scoraggiarmi e a non mollare facilmente un progetto. Il convoglio sarebbe stato composto da tre moto. Amadi ci procurò in pochi giorni i mezzi adatti, di cui uno munito di un carrellino appendice. Le autorità ci imposero una quarta moto con due militari armati di scorta a nostre spese; infine partimmo: *piloti* due tecnici della troupe e un giovane medico italiano, oltre all'equipaggio dei militari. Non trovammo la disponibilità di un'infermiera, perciò i passeggeri fummo io, Judy e Salim che, dopo aver salutato e seppellito la figlia, ci avrebbe fatto da guida. Avevamo riempito i bauli delle moto e il carrellino selezionando e scartando scientificamente i materiali tecnici. Percorremmo alcuni chilometri con estrema facilità, tanto da mettere in dubbio i pericoli di cui ci avevano parlato. Dopo una piccola radura, a margine della quale scorgemmo numerosi Gyps banchettare su alcune carcasse, avremmo dovuto superare un ponticello che, però, mancava della parte centrale. Salim ci informò che mancava circa un'ora di cammino per arrivare al suo villaggio. Decidemmo di tornare alla radura, lasciare in custodia ai militari le moto e il materiale che non aveva trovato posto negli zaini, e di metterci in marcia. Uno dei soldati aveva insistito per dare una pistola con le munizioni. Ci rendemmo conto presto di aver esagerato con i carichi che ci eravamo distribuiti. L'irrazionale generosità ci costrinse a fermarci frequentemente ogni poche centinaia di metri. La nostra guida si meravigliò, avvicinandoci alla meta, di non aver scorto alcuna vedetta. Le conosceva tutte: se l'avessero visto, si sarebbero fatte avanti. Giungemmo alle prime capanne che trovammo vuote. Qualcuna era stata incendiata. Nessuno ci veniva incontro. Salim posò il suo zaino e si mise a correre da una capanna all'altra, e improvvisamente si fermò davanti a quella che capimmo dovesse essere la sua. – Aminah – sussurrò senza sperare in una risposta. Entrò e quasi subito uscì; non aveva trovato nulla e nessuno, come in tutte le altre capanne. Aggrappandosi alla speranza remota che si fossero allontanati tutti e potessero essere salvati, cominciò a guardarsi intorno pensando alla possibile direzione scelta dal capo. Noi lo osservavamo immobili e muti, in attesa di qualche suo segnale, pronti a seguirlo. Improvvisamente sul suo volto comparve un sorriso. Iniziò a correre salendo lungo un pendio che dominava il villaggio. Non avevamo notato prima, fra gli alberi, i resti di un gruppo di capanne. Quasi intatta, poco distante, si ergeva quella dello stregone. Noi ci fermammo per l'odore nauseabondo di morte; Salim fece ancora una ventina di passi, prima di tapparsi il naso e tornare indietro. Chiese qualche benda che filtrasse l'aria mefitica perché intendeva entrare nella capanna intatta. Cercai di dissuaderlo con la convinzione che non ci sarei riuscita; mentre gli altri, non resistendo, si allontanarono tornando indietro. Io, prima che andasse via anche Jamila, tramite lei gli dissi che l'avrei aspettato. Indossai qualche mascherina e una garza con un disinfettante mentre lo vedevo correre verso il gran tucul. Ne uscì un uomo stravolto con due scheletri in braccio. Mi affidò il più piccolo, che da un impercettibile movimento della bocca mi comunicò di essere ancora vivo e, tenendo quello poco più grande, scendemmo al villaggio. Posammo i due corpicini sul lenzuolo bianco steso prontamente dal dottore e tutta la troupe si convertì immediatamente in una equipe a supporto del medico. Salim parlò per qualche minuto con Jamila fittamente e rapidamente. Poi come preso da un raptus, tornò di corsa sui suoi passi. L'adrenalina mi spinse istintivamente a seguirlo pensando di replicare più volte quel tentativo di salvataggio. Mi fermai nella posizione che avevo tenuto prima, lo vidi entrare nuovamente nel gran tucul. Attesi due ore, prima di decidermi a scendere da sola verso il villaggio. Mi sentivo certa che si fosse compiuto il destino di Salim. Nessun essere vivente avrebbe potuto resistere così allungo in una situazione simile. Camminai lentamente per prepararmi alla rassegnazione che anche i due sopravvissuti fossero stati restituiti definitivamente alla morte. Avremmo chiuso il *capitolo* e, per quello che mi riguardava, anche tutta la storia. Non si meravigliarono di vedermi tornare da sola –

Sono ancora vive! - mi annunciò Jamila appena mi scorse. Poi mi raccontò che il dottore era riuscito a tenerle in vita ma, per alcuni giorni, non avremmo potuto muoverle, se volevamo sperare nel miracolo della sopravvivenza. Liberammo e pulimmo tre capanne vicine, le sanificammo accettabilmente e furono pronte quando ormai il buio si si era impossessato del villaggio. I due tecnici erano tornati dai militari della scorta; avevano spiegato l'evoluzione degli eventi invitandoli a tornare indietro con due moto. Ci saremmo tenuti in contatto con i satellitari. Li aiutarono a nascondere gli altri mezzi e, prima di far ritorno al villaggio, avevano scelto il materiale occorrente per l'adeguamento alla nuova situazione. Ci ritrovammo accanto al fuoco acceso; quasi tutti eravamo stati *boy-scout*, per questo, forse, vivemmo nell'inconsapevolezza della diversità fra l'essere in un campo estivo organizzato per i ragazzi e la realtà di trovarsi in un luogo sconosciuto, infido, con pericoli che potevano spuntare fuori dall'oscurità. Ci stavamo abituando all'aria insalubre che ci aveva accolti con un odore sempre più pungente. Mi colpiva in particolar modo il senso di comunione. Avevamo deciso tutti, spontaneamente, di restare per cercare la salvezza di due creature che avevano una fievolissima possibilità di sopravvivere. Se quella solidarietà, se la medesima sensibilità accompagnasse il genere umano sempre e ovunque, vivremmo in un mondo migliore o, senza dubbio, privo della miseria e dell'odio che invece imperversano. Sai bene come sia differente la *normalità*. L'egoismo gareggia con l'indifferenza, alimenta rivalità e contrapposizione per primeggiare, per avere più degli altri, per confrontarsi edonisticamente e patrimonialmente, per il prestigio e il potere, per provare il piacere di sfoggiare pietà e solidarietà purché siano visibili e, infine, porre una voragine oscura fra successo e insuccesso o vittoria e sconfitta. Torno al racconto, Tamiru: di queste cose ne abbiamo già parlato.

Il medico aveva definito la sopravvivenza dei due bambini un miracolo e, sfogliando le foto di situazioni fisiche simili, non solo per la denutrizione, ma anche per l'ambiente in cui la vita era stata possibile, non aveva trovato nulla di analogo. Sperava di poter studiare allungo e indagare su quel mistero. Seppur così minuta, la bambina non aveva meno di dieci o undici anni; mentre il maschietto non superava i due anni. Rimanemmo in silenzio per qualche minuto fissando il fuoco da cui, ogni tanto, quando si aggiungeva qualche ramo, scaturivano scoppiettii e scintille. Il dottore parve intuire la domanda che tutti probabilmente ci ponevamo e, come se gliel'avessimo posta esplicitamente, rispose – Non sono sicuro che si possa parlare di un vero miracolo. Qualora ottenessimo quello della sopravvivenza di questi bambini, gli stessi avrebbero la necessità della concomitanza di numerosi *eventi* analoghi; gli organi, la circolazione e soprattutto il cervello hanno subito certamente danni irreparabili. L'entusiasmo ci porta a esultare perché respirano autonomamente, ma tale funzione fisiologica potrebbe rimanere l'unica residua, anche se arrivassero a essere accolti in un centro super specializzato, attrezzato e alimentato finanziariamente. – Risposi per tutti, che eravamo consapevoli di ciò che aveva detto. Intimamente avevo immaginato che con tanto tempo, cure e amore i due piccoli avrebbero recuperato il cento per cento della loro normalità. Li avrei aiutati anche a distanza e, ogni tanto, sarei tornata a trovarli. Volevo tirarmi fuori dalla scomoda disillusione, cercando di risvegliare un cinismo sufficiente a recuperare l'indifferenza necessaria. Il Caino dentro di me urlava – È questo che cercavi per i tuoi spot: la miseria più nera e sfortunata! Commuoviti un po', documenta, fotografa, fai tante riprese video e torna a casa. Avrai premi e riconoscimenti, fama e soldi. Per tenere buona la coscienza, fai come fanno tutti: ogni tanto, magari a Natale o per il Ringraziamento, sii generosa, anche abbondando. – Poi, dopo questa invettiva spietata e malvagia, esagerata per il mio modo di vivere e pensare, è comparso da una folta nebbia Salim. Sì, quell'uomo, quel padre che aveva suscitato orrore in me quando aveva raccontato della sua Sashua promessa sposa bambina. Ho dovuto cambiare il mio giudizio su di lui quando ha fatto emergere la sensibilità, la capacità di amare, il contegno nella sofferenza, la dignità. In quel momento non potevo disperdere le ultime cose che mi aveva insegnato: il coraggio di affrontare qualunque rischio, la speranza di salvare il salvabile, fino al sacrificio estremo e consapevole della vita. Nessuno aveva avuto il coraggio di andare a cercarlo o dissuaderlo dalla speranza più illogica e disperata. Quei due bambini, con la loro esile vita, erano la testimonianza dell'altruismo e della grandezza di quell'uomo minuto, povero, ignorante, apparentemente selvaggio e, per troppi, più simile a un animale. Come potevo io far vincere Caino? Prima di andare a dormire nella capanna delle donne, andai col dottore a vedere i due bambini. Il medico aveva improvvisato, con i materiali scelti e senza apparecchiature, una sorta di *terapia intensiva* della foresta. Per la prima volta, guardai quei due corpicini quasi esanimi, con una profonda tenerezza; la loro storia brevissima poteva prolungarsi solo di qualche giorno, ma Salim si era ugualmente sacrificato, come dovesse avere una durata normale. Li lasciai mandando un bacio soffiato dal palmo della mano. I ragazzi si proposero per fare la guardia a turno, ma ciò non ci permise di addormentarci tranquillamente.

Improvvisamente mi tornò in mente la scena del salvataggio e ricordai il fitto parlare di Salim con Jamila. Mi voltai verso di lei e la chiamai sottovoce, per provare sé stesse ancora sveglia. Mi rispose subito, tirando fuori la testa dal suo sacco a pelo. Chiesi cosa le avesse detto Salim prima di tornare nella capanna dello stregone. La ragazza, travolta dalla concitazione delle operazioni a cui tutti contribuivano, aveva memorizzato e accantonato repentinamente le ultime parole dell'uomo e, dopo qualche istante di richiamo della memoria, disse di essere stata informata che il bambino era suo figlio e la bambina una vicina, aiutante della moglie nell'accudire i gemelli da quando Sashua non riusciva a farlo più. Il gran tucul nascondeva l'accesso a una caverna segreta ove i capi avevano il deposito dei cereali e delle riserve dei raccolti. In quel periodo la grotta era quasi vuota e tanto grande da poter nascondere, in caso di pericolo o di assalti nemici, quasi tutti gli abitanti del villaggio. Salim, disse che tornava dentro perché sperava di trovare, fra i numerosi cadaveri, qualche altro sopravvissuto e, in particolare, la moglie Aminah e l'altra gemellina Halima.

Dopo tre giorni, il corpo della bambina fu abbandonato dall'ultimo esile filo di vita rimasto. Scavammo una buca profonda e la seppellimmo. Il medico, cattolico, recitò alcune preghiere e le esequie terminarono in fretta. Ormai eravamo rassegnati ad aspettare di dover ripetere a breve lo stesso cerimoniale per il bambino. Assistemmo invece a un prodigio inaspettato: dal quinto, sesto giorno cominciò a manifestarsi una vitalità inattesa che esordì con un vagito. Solo uno, ma bastò per farci accorrere a vedere. Sì, si muoveva, per quanto possibile, vivacemente. Ci abbracciammo come se fosse venuto alla luce in quel momento. Il dottore si avvicinò, posò il terminale del fonendoscopio sul piccolo torace e sorrise esclamando – Benvenuto miracolo! – Ci disse che la strada era immensamente in salita, però un primo movimento si era manifestato. In un altro paio di giorni, con molte precauzioni, il bambino sarebbe stato trasportabile. Il medico lo prese fra le braccia e parlando col *suo miracolo*, gli disse - bravo "Tamiru", da questo momento ti terrò sempre in braccio, fino a quando non ti deciderai ad alimentarti da solo. – Mi fece tenerezza il gesto e conoscere quello che ritenni il nome del piccolo salvato, probabilmente pronunciato dal padre mentre io glielo consegnavo. Mi offrii per tenerlo in braccio e tutti proposero di darci il cambio, alternandoci. Ricevetti alcune istruzioni preliminari, poi il baby mi fu affidato. Era la prima volta che lo guardavo così bene da vicino. Lo salutai – Ciao, Tamiru. – Lo abbiamo battezzato? - chiese il dottore sorridendo. - Perché, non è questo il suo nome? – domandai – Non credo. La parola, in lingua locale, vuol dire semplicemente "miracolo". – rispose sorridendo per l'equivoco. Jamila intervenne aggiungendo che l'espressione era utilizzata anche come nome proprio. Ci guardammo tutti e il medico, constatata la carenza di informazioni, pronunciò – *Impositum sit ei nomen Tamiru* - Guardai orgogliosa in direzione del gran tucul, come a voler rassicurare Salim e, nello stesso momento, gli giurai di occuparmi di suo figlio. Improvvisamente, scoprimmo che avevamo un sacco di cose da fare in preparazione della partenza. I due tecnici, prima di avventurarsi fin dentro il gran tucul, aprirono alcuni varchi laterali per consentire una maggiore circolazione dell'aria e una migliore illuminazione naturale. Anche se il coraggio aveva impiegato troppo tempo per raggiungerci, la razionalità ci indusse a escludere ogni possibilità di presenza di sopravvissuti, in quella specie di caverna/fossa comune. Entrati, osservarono un ampio spazio ingombro di piccoli idoli o oggetti utilizzati, probabilmente per i vari rituali. Sul fondo, troneggiava un totem alto quasi fino alla struttura del soffitto. Piantato con un palo profondamente nel terreno, era ruotato tanto da lasciare scoperta una fessura nella roccia retrostante abbastanza larga da far passare una persona. Dopo un breve cunicolo, il fascio di luce della torcia illuminò, in un ambiente più ampio, una straziante teoria di volti scarniti, tutti dallo sguardo cristallizzato, rivolto in direzione dell'unica uscita, ormai vana. L'orrore istintivo mise in fuga i due giovani. Racconteranno che solo dopo un certo tempo la pietà si fece inaspettatamente spazio. Avvertirono un forte senso di colpa per essere arrivati... troppo tardi e quella visione terribile, li spinse a trasformare la grotta in una rispettosa sepoltura comune, capace di difendere i poveri resti dal vilipendio di animali e altri profanatori. Trasportarono per ore massi, terra e, con pietre più piccole, costruirono un muro che si mimetizzava perfettamente col resto del panorama naturale adiacente. Infine, demolirono il gran tucul per evitare che potesse suscitare una eccessiva curiosità.

Tamiru cominciò ad acquisire una regolarità fisiologica quasi normale. Dopo essersi riposati e ripresi, i giovani tecnici raggiunsero la radura ove avevano nascosto le due moto; le recuperarono e, provata l'accensione, collegarono il carrello.

Tornati al campo, il dottore chiamò col satellitare l'ospedale di Gambo, chiedendo che inviassero, con i militari che dovevano tornare per scortarli, un *trasportino* per neonati.

Nel giorno che rimaneva prima del ritorno nel mondo "civile", ci preoccupammo di ripristinare il nostro aspetto, diventato un po' *essenziale*, oltre alla consapevolezza del tempo e dei luoghi in cui ci trovavamo. Judy, da brava *ragioniera economica*, ci aiutò a ricordare anche le motivazioni. Ci costrinse a verificare se avessimo raccolto materiale sufficiente a giustificare   la nostra presenza in quel posto e per tanti giorni.  Inizialmente, fui irritata da quella che mi era apparsa una eccessiva e subdola concretezza. Poi scoprii che intorno a quel bambino tutti, anche il medico, negli istanti più disparati, nelle fasi concitate o durante i momenti solitari di riflessione, avevamo cercato di fissare con immagini e parole la straordinaria esperienza vissuta.  Il materiale raccolto e organizzato sarebbe stato sufficiente per realizzare un reportage completo e un inimmaginabile numero di *spots* attinenti col tema-guida. Non ti nascondo che, constatare tutto ciò, ci riempì della soddisfazione e dell'euforia che investe i soldati prima del rientro a casa, dopo aver compiuto la loro missione. Quando durante la notte svolsi il mio ultimo turno di *guardia,* avevo in braccio un Tamiru vitale, che cominciava a lottare per sopravvivere e aveva superato la fase di inerzia *pre mortem*. Fra le migliaia di foto visualizzate, tratte da immagini vere, scorci reali, mi balzò tremenda quella che riproduceva tanti *Urli* di Munch, fatta istintivamente in una grotta-sacrario per testimoniare non la deformazione di una mente sconvolta ma una realtà incredibile, cruda. Chi ero io da poter utilizzare un simile orrore per muovere alla generosità il genere umano, con quel *mezzo?* Perché potevano ripetersi in tante parti del Mondo scene simili, mentre tanti affogavano nell'indifferenza dell'opulenza? Non era quello il momento, ma dovevo riscrivere la mia *mission*. Prima della partenza, di buon mattino, il dottore cattolico, propose un saluto al "Sacrario". Eri avvolto in una copertina bianca. Quando giungemmo sull'altura, prima della preghiera e dell'invocazione della benedizione di Dio, ti sporse fra le mie braccia; la tua irrequietezza si calmò di colpo, come se avessi riconosciuto il posto più sicuro, protetto dal maggior amore disponibile. Salutammo la tua famiglia con la tua tribù, martire dell'umanità, e percorremmo l'ora di cammino che ci condusse al ponticello rotto sul Lepis. Superato il guado poco distante, incontrammo i militari della scorta che, giunti da poco, ci attendevano dopo aver sistemato sul carrello trainabile dalla moto, la piccola lettiga che doveva accoglierti. Il medico valutò subito l'inappropriatezza della soluzione e, con un po' di fantasia fu sostituita con una specie di sedile per un passeggero adulto che potesse tenerti in braccio, risparmiando o attutendo colpi e sbalzi pericolosi. Naturalmente, non ci fu nessuna discussione per decidere chi dovesse prendersi cura di te e tu dimostrasti la tua soddisfazione gratificandomi con quello che mi parve il più bel sorriso mai rivoltomi. Durante il ritorno a Gambo, balzarono ben evidenti alcuni problemi che potevano essere facilmente risolti senza grande dispendio di risorse economiche. L'acqua di quel fiume superficiale, a esempio, avvicinandoci al centro abitato un tempo chiamato la città dei lebbrosi, attraversava pascoli, campi coltivati e orti. All'ospedale e nelle missioni insegnavano che per uso alimentare bisognava bollirla per potabilizzarla; ma la pratica più diffusa restava quella di mandare donne e bambini per prenderla più a monte con i rischi derivanti dalla fatica e dagli incontri con animali umani, privi di qualunque scrupolo. Qualche pozzo profondo e una piccola rete di distribuzione e di scarico, avrebbe potuto migliorare le condizioni di tutti, visto che, uno dei regali più ambiti, per molti rimaneva una saponetta. Giungemmo all'ospedale rurale dove eravamo attesi; Jacqueline aveva mandato suor Christine a prenderti dalle mie braccia. Non ti ribellasti perché, stremato da quel primo viaggio, eri stramazzato in un sonno profondo. Seguii la religiosa che ti portò in ambulatorio, dove constatarono l'adeguatezza del nome attribuitoti e il progresso delle tue condizioni di salute. Al momento della registrazione mi venne istintivamente di dare il mio nome per indicare la maternità. Mi sorrisi compiaciuta dell'istinto materno prodotto da quel piccolo "Miracolo" vivente e poi dissi – Avete la cartella con i dati: i genitori di Tamiru erano Salim e Aminah, gli stessi della povera Sashua, la bambina morta quindici giorni fa. - Potetti indicarmi come affidataria temporanea in attesa di una decisione legale. Da allora, a prescindere dal percorso lungo e tortuoso che mi attendeva, mi sono sentita già un poco tua seconda madre!

Avendoti lasciato in mani buone e sicure, fronteggiai anche la mia responsabilità nei confronti della *troupe* affidatami. In realtà, intimamente, stavo facendo le prove per organizzare un mio futuro di mamma *single*, impegnata con un lavoro che poteva tenermi impegnata lontano da te anche per diversi giorni. Sarebbe stato possibile? Senz'altro avrei avuto bisogno dell'unica persona al mondo di cui potessi fidarmi ciecamente: Maggie, la tua nonnina. Gliene parlai e, concordata la sua disponibilità a fare le mie veci durante la mia assenza, vinse la sua voglia di diventare comunque nonna prima di diventare troppo vecchia. Ufficializzai la richiesta di adozione, pratica lunga e complessa che Christine, per esperienza, mi disse non sarebbe durata meno di un anno, affidandomi a un avvocato specializzato di Adis Abeba. Il problema consisteva nell'espatrio. Lo Stato preferiva non allontanare i bambini dai luoghi ove erano nati e affidava agevolmente gli orfani alle numerose organizzazioni laiche e religiose, distribuite in villaggi e città dell'Etiopia; le strutture offrivano gratuitamente cure, assistenza e istruzione primaria, alleggerendo di un notevole onere l'economia locale e nazionale.

Non mi lasciai sopraffare dalle difficoltà. Avevo però un urgente bisogno di non essere coinvolta eccessivamente dalla burocrazia; trovai il modo di affrontare anche quella apparentemente più snella USA. La mia mammina trovò un'avvocatessa brava, anche se costosa, perché non voleva correre il rischio di non poter vedere suo nipote. Per la verità si fece carico anche dei costi materiali, oltre a dedicare gran parte del tempo a riorganizzare la casa e prepararsi al mio rientro: alcuni dettagli pensò di deciderli con me direttamente. Sapeva che non sarei giunta già con Tamiru ma voleva accompagnarmi alla maternità quasi come se dovessi partorirti.

Con la mia squadra visionammo migliaia di scatti, decine di video; non *cestinammo* nulla, archiviammo la maggior parte del materiale, riducendo a un quinto ciò che rispondeva ai requisiti del nostro progetto. Amadi, l'autista, pur restando a disposizione, si sentiva poco utilizzato. Un pomeriggio mi raggiunse nell'ambiente che avevo adibito a mio studio assistendo casualmente alla riproduzione di alcuni campioni impostati per lo sviluppo degli spot successivi. Alla fine, mi chiese di parlarmi offrendomi un suo parere. Dopo un esordio banale in cui mi ricordò che, per le sue esperienze, alla periferia di ogni città del Mondo ci sono tante Gambo. Non solo in Etiopia, nella vicina Shashamane o ai margini della capitale. Un poco prolissamente, mi annoverò troppi paesi africani, passò oltre oceano, sbarcando in sud America, Centro e USA. Cercai di arginare la prosecuzione verso l'Oriente, dopo la citazione dell'India e di alcune capitali caratterizzate dallo stesso fenomeno evocato, affermando abbastanza sgarbatamente che mi sembrava uno studente bravo in geografia, ma io non mi sentivo la maestra chiamata a valutare la sua preparazione. Contrariato concluse – Volevo solo dire che se le Nazioni la smettessero di attirare una parte della nostra gente, lasciando filtrare i bagliori ingannevoli di un Eldorado in cui tutti possono vivere avendo le medesime *chance*, e non si limitassero a *offrire* elemosina e pietà col contagocce, o voi non veniste a spiare la nostra povertà, la nostra miseria, tenendoci come in una specie di zoo, un grande parco dove gli esseri umani che vi abitano, cercano di sopravvivere miseramente, il Mondo potrebbe aprire gli occhi sulla soluzione onesta e sincera della miseria e della fame. Queste persone sono fotografate e riprese come fossero animali fra le tante bestie che popolano panorami spettacolari da mostrare ai popoli civili, per indurre qualcuno a viaggiare, esplorare vivendo nei lussuosi *resort*, avventurandosi in costosi safari. Certo tanti non si limitano a lanciare qualche nocciolina o una banana per divertimento. Ci sono quelli che danno di più, i magnati benefattori desiderosi di giustificare la loro ricchezza, i colonialisti vecchi e nuovi e quanti si impegnano e sacrificano per soddisfare i principi delle loro religioni, filosofie o misticismi. La verità è che non si possono risolvere i problemi degli ultimi solo per generosità, improvvisando tanti sistemi per affrontare miriadi di situazioni critiche locali, microscopiche. Disperdere in mille costosi progetti scoordinati crea conflitti fra coloro che ne beneficiano e quelli che ne restano fuori, fra chi vuol dominare e sfruttare le risorse comuni e i cacciati, emarginati costretti a chiudersi nelle foreste, sulle montagne o nei deserti: dove nessun *civile* vivrebbe. A chi servirà struggersi di trasporto e amore per aver salvato solo un Tamiru, mentre la sua famiglia, la gente del suo villaggio e migliaia di morti continuano tutti i giorni a non beneficiare di alcun *miracolo*, intanto che noi parliamo, lavoriamo, ridiamo, ci innamoriamo, ci guardiamo allo specchio – Poi, prima di andar via, estrasse da un piccolo portafogli un biglietto da visita su cui era scritto il suo nome e cognome, preceduto dal titolo *Doctor,* seguito dalla professione: *guida esperta, conoscitore ONU.* Amadi mi lasciò in un profondo stato di prostrazione. Lo avevo considerato semplicemente un utile strumento per la realizzazione del mio lavoro, bravo a trovare soluzioni, astuto e abile a ricavare qualche vantaggio comune che gli permettesse di incrementare la nostra spesa e il suo guadagno. Per qualche istante ho addirittura rimpianto di non aver *vinto*, a qualunque prezzo, la campagna pubblicitaria per la catena di fast food. Per fortuna, stimolati dalle grida gioiose di un gruppo di bambini che si rincorrevano, riemersero l'orgoglio e la morale della Jenny che conoscevo. Mentre mi preparavo per venirti a trovare in ospedale, riuscii a difendermi dalle parole impietose di Amadi. Anche se aveva un fondamento di verità, rispetto a un atteggiamento diffuso, a un approccio umanitario spesso stereotipato e autogratificante, il punto di osservazione dell'esperto autoctono generalizzava eccessivamente e lasciava trapelare un intimo fondamentalismo di posizione, probabilmente molto condiviso. Conoscevo troppo poco la persona per immaginare i suoi eventuali impegni politici e sociali; mi soffermai a valutare che, in mancanza degli stessi, pur avendo idee rispettabili o non condivisibili, il suo biglietto da visita tradiva accettazione frustrata e opportunismo incompatibili col posto in cattedra preteso.

Ebbi modo di osservare i tuoi progressi giornalieri e, le coccole che ti dispensavo a profusione venivano sempre più apprezzate da te che, da *gran conquistatore di mamma*, cominciavi a compensarle con i sorrisi che si dedicano a una persona cara, avendo imparato a riconoscerla.

Improvvisamente nacque una sintesi fra tutte le esperienze precedenti della mia vita e quelle dal mio *sbarco* in Etiopia. Il contrasto fra i preconcetti derivanti dall'indirizzo dell'educazione, dell'istruzione, della cultura acquisita, avevano subito una drastica svolta. La realtà che vogliamo vedere è quella che costruiamo come pittori che scelgono i colori, utilizzano i chiaroscuri, manipolano i contrasti, scelgono i punti della scena o del paesaggio che devono essere maggiormente posti in risalto. Come una tela non è sufficiente a racchiudere tutta l'arte e la sensibilità di un artista, ecco che lo stesso sente la necessità di iniziarne una nuova, condizionato da nuovi stimoli o spunti irresistibili.

Iniziai a scrivere freneticamente quelle che, in un paio di ore, sarebbero diventate una decina di scenografie, scandendo tempi, suoni, sequenze di immagini e video rapide e contrastanti. Stabilii tre tipi di conclusione: tragico, positivo e troncato. Ridussi all'essenziale la presenza di didascalie e appelli di speakers insopportabilmente impostati, lasciando ai supervisori la scelta di adattare e personalizzare ai "committenti" le serie.

Ricordo sempre più particolari di quei giorni frenetici in cui prese corpo la mia missione. Conquistai la piena fiducia e la tranquillità dei miei collaboratori che, finalmente, avevano trovato e riconoscevano in me una guida autorevole e affidabile. Dopo aver finito di selezionare e suddividere il materiale raccolto, ci accorgemmo che sarebbe stato necessario dedicare ancora un paio di giorni a Gambo per raccogliere qualche *elemento* che ancora mancava. Poi ci saremmo spostati nelle periferie estreme di alcune città, prima di tornare alla capitale per ripartire.

Per prepararti meglio all'inevitabile distacco temporaneo (a causa dei tempi burocratici per l'adozione), diradai le mie visite. Parlai allungo con Jacqueline e Christine per raccomandarti e perché desideravo inserire un giusto risalto all'opera dei volontari religiosi che, certamente, non rientravano in nessuna delle categorie descritte da Amadi. Fra le altre, mi accompagnarono al loro piccolo cimitero. Dopo aver dedicato tutta la vita agli altri preferivano essere seppellite nel posto in cui morivano, pur provenendo da ogni parte del mondo. Chiesi cosa spingesse una persona a fare liberamente una scelta di vita così altruista e se non correva il rischio di essere condizionata durante la formazione, per poi rimanere prigioniera della coerenza. Jacqueline mi sorrise e, rispondendo a quella poco velata accusa di indottrinamento o induzione a scelte forzate, rispose che il sospetto, nutrito anche da alcune famiglie non favorevoli o sorprese dalla imprevista conversione del figlio, era infondato. Infatti, durante la così detta formazione, non rari erano gli abbandoni, o le rinunce al proseguimento del cammino, dopo alcuni periodi di prova. Si fermò davanti a una sepoltura, contraddistinta da una pietra e una piccola croce e un cuore rossi; me la indicò dicendo che, di quella sorella italiana, conosceva bene la storia e raccontò - A 20 anni Maria, come tanti giovani, ha lasciato il suo paese per l'università e aveva vissuto da ragazza come tante altre, immaginando, fino a poco tempo prima di laurearsi in biologia, un futuro felice, gioioso, di poter lavorare, incontrare uno sposo, avere dei figli. Improvvisamente ha incontrato a Pavia l'amore per il prossimo sofferente e bisognoso di aiuto.

Il suo cammino è iniziato sostenendo un'associazione attenta all'ospitalità dei familiari di bambini, malati cronici gravi o di cancro, ricoverati presso le strutture ospedaliere di Pavia, venendo a contatto con un centro missionario di Cuneo.

Proprio in quella città ha ricevuto la chiamata del Signore. Durante la sua formazione si è occupata del recupero di tossicodipendenti ed ha conosciuto gli aspetti della missione di aiuto ai poveri, promossa dal fondatore del Centro Missionario.

Dopo i voti religiosi è partita per l'Etiopia, non verso posti che potremmo immaginare sperduti e lontani dalla civiltà, ma nelle periferie estreme di Adis Abeba e Shashamane, città dai centri evoluti e molto occidentali, che sfumano in sterminate baraccopoli, ricovero di folle di poveri senza diritti, malati, denutriti, emarginati fra gli emarginati: proprio gli ultimi! Poi è giunta a Gambo.

In questi luoghi, lo sconforto veniva vinto, oltre che con la preghiera e la fede religiosa, dai guizzi di luce provenienti dagli occhi dei malati di lebbra curati, dei bambini e delle madri salvate dalla denutrizione o da quelle malattie che, dove il benessere è appena un poco più diffuso, sono definite banali, delle bambine-ragazze tolte dalla prostituzione e, dopo il primo soccorso e una grande trasfusione di speranza per un futuro migliore, avviate verso i centri vicini a ricevere gratuitamente istruzione e adeguata formazione al lavoro, oltre alla scoperta di una coscienza libera, non succube.

Quale fonte di gioia, ogni traccia di rinascita spontanea, fra quanti già aiutati e riconoscenti, di sentimenti di pietà, solidarietà, amore verso i simili o i più bisognosi che arrivano in continuazione!

Suor Maria ha vissuto in Etiopia per ventidue anni con una malattia che avrebbe suggerito un'esistenza vicina a un centro specializzato in epatologia; ma ha preferito restare qui e l'ha ha dominata finché ha potuto. Ha amato la sua vita dedicata ai poveri che, alla sua morte, hanno pianto con la disperazione di non poter riavere la presenza quotidiana di *sorella Maria,* apprezzata anche perché parlava in amarico, loro lingua prevalente.

La sua opera continuerà attraverso noi e le altre sorelle della missione. Maria ha lasciato la vita terrena senza timore, serenamente, con gioia, quando l'ha chiamata il Signore, ricevendo solo la riconoscenza di bambini, donne e uomini che chiedevano solo di vivere ed essere amati -.

Ti ho scritto questo per invitarti ad avere rispetto per la generosità e la dedizione solidale di certe persone, sia animate da spirito religioso che laiche. Io non ho mai nutrito l'ambizione di voler salvare il Mondo della povertà, né mi sentirei disponibile a sacrificare per gli altri anche la mia vita, come fanno eroi e martiri; cerco di dare un'adeguata risposta ad ambizioni e aspettative misurate, in definitiva, a un progetto costruito in tutti gli anni precedenti. Mi ritengo una persona comune; in un certo momento, forse egoisticamente, ho desiderato occuparmi di te, dimostrandomi che potevo gioire concentrando le mie attenzioni su un bambino. Non avendoti generato materialmente, non sono stata agevolata dall'istinto di protezione materno della donna che partorisce il figlio. Per un po' di tempo, ho cercato giustificare l'impulsività delle scelte e dei costi personali affrontati con disinvoltura, cercando di convincere tutti, anche le suore conosciute che suggerivano di utilizzare una sorta di adozione a distanza meno impegnativa, di voler dimostrare la facilità con cui una società meno egoista, concentrata al proprio benessere, potesse recuperare gli ultimi facendo scomparire la categoria. Dopo aver strappato, alla miseria, alla fame, alla morte un piccolo essere umano, volevo dimostrare la mancanza di differenze fra individui. Sarebbe stato sufficiente riconoscere i diritti e i doveri in maniera reale, non più teorica per permettergli di crescere, vedere sviluppare le sue capacità fino a renderlo autonomo ovunque, anche nel luogo ove ha visto la luce, con la sua famiglia, in una progressiva marcia verso il benessere possibile come per gli altri che nascono, casualmente, in piani economici e sociali più *fortunati*. A quanto pare, l'esperimento ha avuto successo, anche se non sono riuscita a sfuggire al contagio d'amore che il figlio trasmette alla mamma.

Mi sento molto stanca e se voglio completare questo mio ultimo progetto, devo sintetizzare.

**In USA**

Tornammo a casa e, dopo quasi un mese di elaborazione e montaggio dei *materiali raccolti* con i potenti mezzi messi a disposizione dalla Jefferson art Production, ottenemmo un successo strepitoso e, oltre a ricevere un consistente extra premio economico, Michel Jefferson, senza chiedere contropartite, mosse le sue conoscenze personali per accelerare le pratiche di adozione straordinaria.

Dopo un breve periodo di riposo, durante il quale la futura nonna Maggie ti conobbe virtualmente e capì quanto ti volessi bene, la Jefferson art Production mi propose di affiancare la mia collega di corso che si stava occupando della campagna di una nota linea di alta gamma di moda e profumi. Dopo un inizio promettente, si era imbattuta in un crollo dell'efficacia dei messaggi pubblicitari, subito registrato dagli esperti. Il marchio committente aveva dato un ultimatum per rimediare e minacciato azioni legali se, a fronte degli investimenti impiegati, non si fossero raggiunti i risultati previsti. Non ero molto concentrata e passare da un tema a un altro, diametralmente opposto, mi mise duramente alla prova. Guardai innumerevoli volte con attenzione gli spot prodotti dalla mia amica Sharon: apparivano perfetti. Immagini, scelta dei testimonial, animazioni, musiche effetti elettronici dimostravano un impegno attento e laborioso. Anche nello studio che avevo attrezzato in casa non trovavo nulla da eccepire; guardavo, riguardavo, riuscivo a farmi il caffè, a recuperare in cucina qualche spuntino, perfino a fare la doccia, lasciando scorrere a ripetizione le immagini. Insomma, aggiungendo anche le interferenze prodotte dal pensare a te, dalle telefonate etiopiche, le informazioni sull'iter della pratica che ti riguardava, riuscivo a distrarmi facilmente lavorando, senza perdere il filo. Improvvisamente scoccò la scintilla: avevo scoperto l'origine della noia e del calo di efficacia degli spot. Sebbene differenti, apparivano un amalgama composito ma unico: una sorta di pacchetto preconfezionato dal contenuto prevedibile, non in grado di rigenerare curiosità. Trovata la chiave, salvai quasi tutti i contenuti aggiungendo solo alcune didascalie, correggendo posizione e frequenza dei messaggi, modificando la loro omogeneità, introducendo elementi di contrasto e di concorrenza fittizia, talvolta provocatoriamente esagerata. Feci le ultime correzioni inserendo in palinsesti televisivi diversi gli spot rigenerati, finché non ottenni un risultato che appagò me, la Jefferson art Production e il marchio committente che cancellò tutte le minacce legali contro i miei datori di lavoro. Naturalmente questo produsse una scalata di cinque piani del mio ufficio che divenne molto più grande e tecnologico. Apparentemente avevo solo tre collaboratori, ma un piccolo esercito lavorava seguendo le mie richieste e le mie indicazioni. Questo progresso non mi permetteva di tornare tutti i giorni a casa e spesso mamma doveva accontentarsi di sentirmi e vedermi per telefono. Delegai a lei, la persona che amavo di più, di seguire le fasi della tua adozione e, in cuor mio, speravo che macinando tanto lavoro subito, avrei potuto ritagliare con maggiore facilità il tempo che avevo in mente di dedicarti. Nonna Maggie, contemporaneamente, vedeva avvicinarsi il momento del tuo arrivo. La casa e i vari spazi adattati per accoglierti erano pronti e meritevoli solo di qualche piccolo ritocco, prontamente apportato; ma tua nonna immaginava il mio futuro molto occupato, ben oltre le mie previsioni e, senza dirmi nulla, aveva diradato alcuni impegni e appuntamenti che facevano parte delle sue abitudini, per supplire le mie prevedibili assenze. Pochi giorni prima di venirti a prendere, mi sono *beccata* perfino un ultimatum con cui pretese il mio impegno a dedicarti tutto il mio tempo disponibile. Capisci

Tamir perché ti ripeto che devi continuare a voler bene alla mia mammina?

Ti prego, non abbandonarla, soprattutto quando non ci sarò più.

Mamy volle accompagnarmi, nonostante avessi tentato di dissuaderla. Temeva che, alle prese con un bambino, potessi trovarmi in difficoltà e pentirmi subito della scelta. Ero riuscita a *fiondarmi* due volte in tutto quel periodo per vederti e stare un poco con te; avevo osservato i tuoi progressi, i tuoi primi passi incerti e, con i tuoi prodigiosi sorrisi, sostenevi alla grande la scelta che avevo fatto. Il mio entusiasmo convinse anche Jacqueline e Christine che ti accudivano amorevolmente. Ritirai i documenti necessari e, quando giungemmo a Gambo con l'aiuto dello stesso Amadi, avevano preparato una festa a sorpresa con decine di bambini, mamme e qualche operatore dell'ospedale che ti aveva accolto poco più di un anno prima. Indossavi una t-*shirt beige* ed eri tanto bello che tua nonna ti abbracciò emozionatissima, entrò in confidenza e simpatia con te e non ti lasciò per tutto il tempo. Le suore mi avevano chiesto di battezzarti secondo il rito cristiano; io non mi sentii tanto competente da poter scegliere. Pragmaticamente, decisi di acconsentire, anche come gesto di riconoscenza per chi ti aveva accudito ed era stato tanto sensibile da interpellarmi prima. Lo sai quanto sia scettica ma rispettosa verso tutte le religioni che si propongono senza imporsi e cadere in fondamentalismi inaccettabili, rispettano la libertà e l'uguaglianza svolgendo un ruolo di moderazione dei costumi e educazione alla fratellanza e alla solidarietà.

Il commiato dai luoghi e dalle persone che ti avevano aiutato a riconquistare la vita durò due giorni, poi ripartimmo fra la tua meraviglia per le tante cose nuove che vedevi e le lunghe pause di sonno nelle quali io e la nonna ti osservavamo innamorate.

Attraversato l'Atlantico, una volta a casa, iniziò la nostra attività di ambientazione ai nuovi spazi e alle nuove abitudini. Io ebbi la possibilità di sfruttare ancora un periodo di *smart working* e tu avesti l'opportunità di conoscere, vicini, amici coetanei, amiche della nonna e Jamila, che acquisì sul campo la parentela di zia. Si propose per coltivare e incrementare le poche paroline di amarico che pronunciavi, insieme a quelle in inglese utilizzate dalle suore per prepararti all'entrata in USA. Accettai il suggerimento senza riflettere sulla motivazione. Finita la tregua, come previsto, il tuo punto di riferimento diventò Maggie. Pareva ringiovanita, più mamma che nonna di un bambino ambientato benissimo, avendo perso ogni traccia delle sue origini. Prima che cominciassi la scuola elementare, facesti il tuo primo *discorso alla nazione*. Era il giorno del ringraziamento quando a tavola richiamasti l'attenzione nostra e degli altri amici commensali, facendo tintinnare con una posata il bicchiere. Salito in piedi sulla sedia, con uno dei tuoi sorrisi migliori che avessi mai visto, esordisti con cadenze da rapper navigato – Ehi amici, sapete cosa ho fatto? In questa solenne occasione ho preso una grande decisione – hai fatto una pausa, oscillando come se stessi aspettando un breve stacco musicale, poi hai ripreso – Tamiru è un nome un po' pesante, in amarico vuol dire miracolo, per me potrebbe essere un ostacolo, allora, sapete che ho pensato? Ditemi ok, ok, ok – ci hai additati con l'indice come per sollecitare il nostro coinvolgimento e noi, stupiti e divertiti, accettammo – Ok, ok, ok! – Soddisfatto, alzasti il pollice, prima di proseguire – Solo a voi che siete qui, se vorrete continuare a chiamarmi Tamiru, chiamatemi Tamiru, Tamiru, Tamiru. Tamiru, Tamiru, Tamiru. Per tutti gli altri da oggi sarò... Wonder, sì Tami Wonder... Si proprio Tami Wonder. Per chi non avesse capito ancora: Tami Wonder! Il nome appare così cambiato, ma ha lo stesso significato. Su, su, su: datemi l'approvazione – Alzasti le braccia per sollecitare un applauso generale che non si fece spettare neanche un secondo. Immaginavo che la musica del grande omonimo Stevie, spesso diffusa in casa da mia madre avesse potuto influire sulla tua decisione riguardo alla scelta del nome; inaspettata la *svolta* rap che, evidentemente, aveva inciso maggiormente nel modellare i tuoi gusti vocali e sonori. È stato il tuo esordio in assoluto e, naturalmente, tutto il *pubblico* mi sollecitò a coltivare questa tua inclinazione. La tua biografia, con qualche correzione riguardante la parte iniziale delle origini, che ti ho descritto, e del tutto somigliante a quella di Lil Wayne. Un certo rallentamento è stato ottenuto perché, parallelamente alle tue performances sempre più riconosciute e apprezzate, sono riuscita a far convivere la tua libertà di manifestare le tue doti, con una base di formazione e cultura che ti potesse aiutare a *volare* in alto, in grado di pilotare, guidare le tue scelte senza essere costretto a lasciarti trasportare dal vento, da sostanze chimiche o stimoli artificiali in grado di produrre atmosfere attraenti, insieme a vuoti d'aria o turbolenze imprevedibili, pericolose, letali. Nonna Maggie ti ha supportato dal punto di vista familiare fino a dodici tredici anni; a quattordici sei diventato *professionista* e io mi limitavo a controllare il tuo procuratore e a cercare di non farti strappare dal proseguimento degli studi stimolato, per la verità, dai successi sempre più frequenti. Inizialmente non sei stato una star da milioni di copie e ti sentivo un puledro scalpitante ma ancora poco distante dal recinto. Avresti potuto facilmente saltare la staccionata e, quando mi hai commissionato la promozione di *Overseas*, dopo avermi fatto sentire l'anteprima, sono stata tentata di anticiparti questa specie di diario. Ho avuto paura che, in quel momento, potesse danneggiarti e ho deciso di rinviare. Il successo ha ritardato solo di qualche mese il traguardo del MA (Master for Art). Non accettai di lavorare per te, come mi avevi proposto, pur apprezzando molto l'idea di mettere nelle mie mani la direzione del tuo business; solo l'affetto per me poteva indurti, insieme a una dose eccessiva di incoscienza economica, ad affidare il tuo patrimonio personale, di tante volte superiore a quello che io avrei potuto realizzare in tutta la mia vita di lavoro. Già, la mia vita di lavoro... ora giunta improvvisamente al capolinea. Ho provato l'urgenza di parlarti, e di lasciarti solo un messaggio: usa la tua crescente autorevolezza e la tua arte per far sì che la lotta alla miseria e

alla povertà, non resti un atto di generosità e di buona volontà, di elemosine. Diventi una severa legge per l'umanità. I confini dell'arricchimento siano comprensivi di tutte le Gambo, di tutti i villaggi sperduti, delle periferie degradate, del rispetto e della salvezza della vita di ogni essere umano e del riconoscimento dei suoi diritti fondamentali.
Scoperte le tue origini, continuerai a volermi bene? Cercherai di dimenticare? Conoscendoti, credo che ti abbandonerai al mio ultimo abbraccio Tami Wonder, continua a farlo sentire alla mia povera mamy, alle persone di cui ti ho parlato, a tutti. Jenny.
Dolcissima Jenni, dopo essermi ripreso, dedico a te questa mia canzone che ho modificato per rispondere al tuo appello. Non voglio piangermi addosso: so che non ti farebbe piacere. Desidero però sfogare la mia rabbia e iniziare una nuova strada. Tuo Tamiru.


## Overseas

***Anche se non c'è di mezzo il mare...***

Sì, sì, sì Io ho, tu hai,

tutti abbiamo un pezzo del Mondo,

per morire e lasciarlo, basta solo un secondo.

Allora cosa c'è che non va,

coooosa non va?

Perché tiri fuori la belva che c'è in te?

Difendi il tuo territorio,

ma sei pronto a profanare quello degli altri,

tu hai tutti i diritti:

gli altri sono overseas, overseas, overseas;

come il suono della risacca,

anche se non c'è di mezzo il mare,

overseas, overseas, overseas...

Mentre ti trastulli sulla tua amaca,

il suono della risacca ti rilassa,

ma se si trasforma in tempesta impetuosa,
ti rinchiudi dietro una robusta porta
e urli istericamente *go home* overseas;
overseas, overseas, overseas: GO HOME!
Anche se non c'è di mezzo il mare...
Tu sei ricco? La gente ti dice: bravo!
Sei intelligente? La gente ti dice: bravo!
Sei forte? La gente ti dice: bravo!
Sei generoso? La gente ti dice: bravo!
Sei bravo? La gente ti dice: bravo!
Sei astuto? La gente ti dice: bravo!
Sei opportunista? La gente ti dice: bravo!
Sei superbo? La gente ti dice: bravo!
Sei spietato? La gente ti dice: bravo!
Sei ladro? La gente ti dice: bravo!
Sei overseas? La gente ti urla: GO HOME!
Overseas, overseas, overseas:
anche se non c'è di mezzo il mare...
Se l'ambizione ti porta al successo,
quasi tutti ti applaudono,
anche se sei overseas;
nel profondo rimani quello che sei,
preferirebbero che tu fossi un fallito frustrato,
un'ombra nel buio.
Se sei forte e indiscutibile?
Sono pazienti,
aspettano il tuo errore o
di potertene attribuire uno,
poter resuscitare la parola overseas,
overseas, overseas, overseas...
Anche se non c'è di mezzo il mare...
Ma se io sono un pezzo di merda nera,

tu sei come me, magari di colore diverso,
ma sei come me, come me, come me...
Non c'è di mezzo il mare,
vali quanto me, quanto me, quanto me!
La competizione non è sui diritti:
partiamo allineati,
stesse regole giuste per tutti.
RISPETTO, RISPETTO, RISPETTO!
Nasciamo tutti overseas, overseas, overseas;
anche alla morte torniamo tutti
overseas, overseas, overseas,
overseas, overseas, overseas.
Anche se non c'è di mezzo il mare... [stop music]
Nessuno in questo Mondo di tutti,
deve morire di fame, per la povertà,
per colpa di quel porco
che ingrassa fino a scoppiare,
che grugnisce: overseas, overseas, overseas,
overseas, overseas, overseas,
overseas, overseas, overseas
Anche se non c'è di mezzo il mare!

Il mio produttore mi ha piantato in asso. Per la verità aveva cercato di dissuadermi di intraprendere una strada pericolosa per la mia fortuna artistica: "hai le spalle ancora troppo fragili per orientare i tuoi fans e fargli digerire un tema tosto come quello di *Overseas*", aveva detto. Poi dietro le mie insistenze è arrivato a minacciare di abbandonarmi al mio destino di presuntuoso e io ho replicato – Ok, va bene! – Si è incazzato nero, ha preso la sua borsa inseparabile e se n'è andato con la platealità da vecchio film drammatico. Mi son goduto per qualche ora quella che ritenevo la mia libertà conquistata e ho buttato giù un altro pezzo che fa così:

**Good star, bad star**
Anche oggi mi son sentito dire:
non ti lamentare, non stare lì a piagnucolare,
ieri eri sotto una splendida stella fortunata,
eri felice e te ne fottevi
di chi non stava come te.
Oggi è successo solo che
quella stella dorata è diventata un po' marrone,
sì, proprio il colore di quella merda
 in cui ti sembra di nuotare ora.
Non vorresti annegare, nuoti,
nuoti a bocca chiusa e distorci il naso,
guardi tanti stronzi galleggiare giulivi.
Stanno bene, sono felici, sono felici anche lì,
dove tu nuoti con la bocca chiusa: cerchi la riva
perché non vuoi morire in quel mare
dove non ti sembra dolce naufragare.
È Buio, è notte, la sponda si avvicina
Per questo ti rilassi un po',
riprendi forze ed energia.
Poi commetti un grosso errore:
riguardi in cielo.
Rivedi una stella d'oro,
ti dici sono uscito, ne sono fuori:
sono di nuovo sotto una buona stella.
La riva scivolosa ti ricorda che non è finita:
la stella dorata può diventare ancora marrone!
Ho un problema:
Tami Wonder non vuol competere,
non vuole gareggiare, vuole solo vivere,
vuole solo vivere, vuole solo vivere,
vuole solamente vivere.
Da poco ho saputo che fatica ho fatto
per ottenere quello
che è più naturale al mondo: vivere!
Che colpa o che merito abbiamo noi,
se nasciamo in una reggia dorata

o in un buco nero,
come la bocca dell'urlo di Munch,
da un atto d'amore,
da una distrazione
o per una violenza:
abbiamo solo voglia di vivere,
fame di vivere.
La buona o la cattiva stella dura solo un po':
il tempo di non morire!
Dopo, il colore delle stelle lo scegli tu,
il colore delle stelle lo scegli tu,
il colore delle stelle lo scegli tu...

Mi son detto bravo, bravo Tami Wonder. Ora che Jenny non c'è più stai camminando da solo sulla strada che lei ti ha indicato. Forse non vedrai per molto tempo stelle dorate e le marroni non brillano nel cielo, ma ora sai da dove sei venuto: niente più potrà spaventarti. Magari un giorno mi verrà voglia di cercare il "sacrario" della mia famiglia o la tomba di mia sorella Sashua, ma ora ho bisogno di trovare un nuovo procuratore che mi permetta economicamente di portare avanti questa battaglia. Già, se ho questa ambizione, perché possa essere incisiva e se non voglio essere costretto a deviare, cadendo in contraddizioni, non posso scendere a compromessi. Devo sfruttare la mia notorietà a caldo, prima che l'apparato mi chiuda tutte le porte individuandomi come un pericolo. Non ho una lunga carriera piena di successi per riuscire imporre un nuovo modello ai produttori o la capacità e la genialità di creare un nuovo movimento di tendenza di milioni di persone alla Thunberg, giunta a traguardi inimmaginabili, subendo potenti tentativi di essere neutralizzata. Su questo aveva ragione il mio ex procuratore. La ragazzina svedese tratta di ambiente, di cambiamenti climatici, di accuse alle generazioni precedenti che hanno fatto presa in tutto il Mondo, sensibilizzando efficacemente tanti in maniera, spero, durevole. Io vorrei trattare di esseri umani, di diritti di tutti, di scandalosi accumuli di ricchezza, di profonde e immense sacche di povertà.

**Il Mondo è di tutti**
Non siamo tutti uguali, anzi:
ognuno è diverso dall'altro,
c'è chi ha tanto o poco cervello,
chi è più brutto, chi è più bello,
qualcuno è intelligente,
qualcun altro non capisce niente.
Ma è uguale a te, uguale a te
per il suo diritto di vivere libero,
di cercare la sua felicità.
Sulla tua strada puoi incontrare
 mille tipi diversi:
uno buono e solidale,
un altro che ti odia e ti fa male,
quello assolutamente indifferente,
chi vuole gareggiare
ed esser sempre primo,
anche a costo di barare,
chi non sa perdere
e comincia a sparare.
Puoi incrociare anche qualche dio
che pensa e dice: io, solo io,
e, se c'è qualcun altro,
ripete prima io, prima io, prima io...
Non ti angustiare,
ti voglio incoraggiare.
Un saggio ti può consigliare,
un eroe ti può salvare,
l'allegro ti può divertire,
il povero ti può impietosire,
l'amore ti fa sempre emozionare.
Di una cosa devi esser certo:
ovunque andrai,
chiunque incontrerai,
anche se sarà molto diverso da te,
se lo vedrai migliore o peggiore

per i suoi attributi,
sentimenti, istruzione,
uno qualunque dei sette otto miliardi
di abitanti della Terra,
sarà uguale a te,
uguale a te, uguale a te
per il suo diritto di vivere libero,
di cercare la sua felicità,
anche se da solo non sarà capace
di lottare, di reclamare,
di farsi sentire di farsi vedere.
Uguale a te, uguale a te
per il suo diritto di vivere libero,
di cercare la sua felicità.

Tami Wonder sai quanti prima di te hanno parlato di questi argomenti? Puoi sforzarti almeno a immaginare che la tua ambizione non ti porterà da nessuna parte? Tu che non vuoi combattere o gareggiare vai a sfidare poeti, romanzieri, artisti, filosofi, sociologi e politici di spessore come Mahatma Gandhi che ha ispirato altri grandi del livello di Martin Luther King o Nelson Mandela e ancora San Suu Kyi che, stranamente, per le loro idee sono stati uccisi o perseguitati. Io rispondo alla mia coscienza: Cara mia, io non sono ispirato da pietà o religione e non punto a rimpiazzare alcuna di queste Montagne. Dico la mia, se qualcuno vorrà sentirla. Molti parlano e pensano come me, potrebbero essere la maggior parte della popolazione di questo mondo. Quelli che hanno le chiavi in mano, le password e i bottoni da pigiare per cambiare radicalmente la direzione, sono un manipolo di egoisti, di falsi migliori che non riescono a sottomettere al bene di tutti sia gli egoismi più sfrenati, spregiudicati e spietati, come quelli più subdoli, nascosti sotto un vestito di perbenismo, di una sensibilità sporadicamente sincera, ma debole e pronta a farsi sopraffare dall'istinto egoistico, prevaricare dalla paura o dalla "opportunità" di un attimo fuggente da non lasciarsi scappare.

Di concerti neanche a parlarne. Sono settimane che non esco neppure per andare in una sala d'incisione, anche perché liberati abbastanza dalla pandemia, sembra che tutti la usino per evitare di incontrarmi, di fissarmi un appuntamento. Ho consumato la tastiera dei computer mandando messaggi e-mail, ma l'unico impegno che sono riuscito a ottenere, rifiutando di tornare allo stile che mi aveva procurato il successo, è stato l'invito a una manifestazione del movimento per la liberazione LGBTQ. Pur non avendo mai trattato l'argomento, avevo da sempre tenuto una posizione di tolleranza, di difesa contro ogni forma di fobia o discriminazione. Non me la sentivo di partecipare alla dimostrazione andandoci a *mani vuote.*

Ho provato a inserirmi anonimamente nella manifestazione variopinta, ma una coppia di ragazzi mi ha riconosciuto. Mi hanno abbracciato molto affettuosamente per scattare una miriade di *selfies*: nonostante un profondo disagio, sono riuscito a sorridere. Non mi era piaciuto l'eccessivo contatto fisico, seppur breve. Contenti, mi hanno lasciato andare verso il palco circondato da una folta folla variegata. Una coppia di ragazze giovanissime al mio passaggio ha strabuzzato gli occhi prima di esclamare insieme – Tami Wonder! – Anche loro si sono strette a me per tanti *selfies* a ripetizione. Stranamente non provai lo stesso disagio per il loro eccessivo contatto fisico. Mi mollarono presto per riprendere a saltare e a urlare la loro gioia e gli slogan interrotti. Continuando il mio percorso ebbi modo anche di riflettere sulla differenza di sensazioni provate dal contatto con la prima coppia di gay rispetto alla seconda di lesbiche. Il fastidio avvertito per la prima esperienza si era convertito nella seconda quasi in piacere. Ho pochi dubbi sulla mia eterosessualità, ma a colpirmi maggiormente è stata la medesima forza, lo stesso entusiasmo in quei brevi contatti occasionali. Ecco perché sono qui, mi son detto.

Fui riconosciuto da Betty Cooper che mi fece segno di salire sul palco e, miracolosamente, si aprì dinanzi a me un passaggio stretto fra una variopinta security verso la scala d'accesso. I Go out side (esci all'aperto) terminarono il pezzo che stavano eseguendo. mentre Betty si impegnò in una breve mia presentazione e a informare che la band aveva avuto poco tempo per provare la musica del mio pezzo. La risposta del pubblico fu entusiastica e, per me, emozionante.

**Love**
Io amo la forza del tuo amore,
la gentilezza delle tue maniere, la sincerità,
la pazienza di raccogliere ogni mia confidenza,
l'apprezzamento dell'investimento del mio capitale,
con la fiducia di non essere mai tradito
e la speranza di non dover star mai male.
Spero che ogni mio sospetto possa morir di fame,
perché mai da te sarà nutrito
né con lui mi lascerai solo contro quel cane,
ad aver paura dei suoi morsi
o a morir indenne, ma dilaniato dalla paura.
Io amo la forza del tuo amore che mi dà forza,
che ti fa sentire accanto,
anche quando non mi sei vicino,
che mi soccorre quando ho bisogno di aiuto,
che mi cura quando sono stato colpito,
mi difende quando vengo aggredito e,
alla fine di ogni *round,*
mi porta lo sgabello per farmi sedere,
mi tampona le ferite e mi asciuga il sudore,
mi bisbiglia cento consigli e
, allo scoccare del gong,
mi dà un bacio, porta via lo sgabello,
mi fa sentire pronto per ripartire.
Ma sai qual è la forza de nostro amore?
Che quello che finora ho detto,
vale anche per te, per te, per te, per me,
è un meraviglioso amore senza sesso...
Ma che hai capito!
Parlo della forza dell'amore universale...

Senza spiare il genere...
Hai capito, hai capito:
è per questo che ti amo.

Ci fu un'apoteosi. Tutti mi approvarono: gay, lesbiche, bisex, trans, indecisi, poliziotti messi a guardia, chi si era fermato per caso ad ascoltare. Pensai che fosse fatta! La maggior parte della gente comune non è omofoba; forse non gradisce certi eccessi, ma probabilmente non apprezza pure certe esibizioni etero fatte in pubblico, magari davanti ai bambini. Chi non si è mai abbandonato a un bacio intenso per strada, al cospetto di un bel panorama o di uno splendido tramonto e, vedendo crescere a dismisura la passione sollecitata dai contatti di una *pomiciata*, non ha dovuto correre in un posto appartato per dare sfogo alla propria intimità fisica? Non volendo pubblico morbosamente attratto dallo spettacolo o terribilmente infastidito, abbiamo fatto sempre così. Le tenere effusioni o le manifestazioni di legame, di unione (come il tenersi per mano o scambiarsi un bacio fugace), generalmente generano tenerezza, nostalgica invidia negli anziani. Solo nei trogloditi provocano intolleranza e reazioni anche violente.
Defilatomi dalla manifestazione, mi sono avviato al metro per tornare a casa. Ormai usavo raramente i taxi per i miei movimenti per sentirmi di nuovo fra la gente, osservarla, riflettere sui tanti piccoli mondi diversi in cui vive. Betty mi raggiunse trafelata – Ah, ecco dove eri finito! Ormai pensavo di non trovarti più – mi disse abbracciandomi inaspettatamente. – Sei stato dolcissimo, mi hai fatta innamorare permettendomi capire improvvisamente che l'amore non ha confini di genere: se ho capito bene, può nascere prima di toccarsi o guardarsi fra le gambe – Mi stupii anche io. Forse nello scrivere quella canzone, non avevo pensato a quei risvolti di carattere superiore. Io volevo semplicemente distinguere la libertà sessuale sfrenata, vicina o oltre i confini dell'eccesso volubile, dal rapporto fra due persone che si innamorano e decidono di condividere un percorso, sostenendosi reciprocamente, condividendo tutti i

momenti della vita approfondendo sempre di più la loro conoscenza. Inavvertitamente avevo trasformato l'amore in una condizione d'animo, in un cocktail equilibrato di buoni sentimenti e attenzioni che offre piacere a chiunque lo beva. Diedi un bacio sulla fronte di Betty, le posai una mano sulle spalle e proseguii il percorso che mi ero prefissato. Lei si lasciò guidare. Non ci dicemmo nulla durante tutto il percorso. Probabilmente abbiamo dato il tempo alla nostra mente di fare il backup del nostro hard disk prima di effettuare il re settaggio. Arrivammo a casa mentre nonna Maggie usciva. - Ti ho preparato la cena: è tanto abbondante da bastare per due – disse ammiccando amorevolmente. Ci nutrimmo abbondantemente divertendoci come due flirtanti consolidati, anche se fra noi una storia non era neanche iniziata. Fu lei a farmi vedere la sua *collezione di farfalle* e io mi dimostrai molto interessato e curioso di conoscerla.

La ragazza riposava; era molto bella, ma sentivo che avevamo perso ogni controllo, come spesso accade, durante una impetuosa scarica ormonale. Avvertivo una grande inquietudine ancestrale. Riconoscevo anch'io che era stato bello abbandonarsi alle emozioni, alla sensualità. Era accaduto numerose volte che l'euforia mi avesse fatto *prendere* l'onda per cavalcarla fino alla riva; rituffandomi avevo ripetuto tante volte l'operazione fino a sentirmi sfinito. La volta che ho esagerato, ho calcolato male: ho perso la cresta scivolando otre e sono stato travolto, sbattuto, quasi smembrato fino a perdere i sensi. Ho rischiato l'*annegamento* e qualcuno ha dovuto tirarmi fuori per sputare l'acqua bevuta e rianimarmi. No, non sarebbe stata neanche l'onda di Betty Cooper a trascinarmi in un vortice rischioso. La conoscevo solo biblicamente... Non potendo andarmene lasciandola sola in casa di Maggie, andai in cucina mentre albeggiava. Nonna era in piedi e, vedendomi, domandò – Vuoi fare colazione? – Anch'io, per favore – rispose Betty che, per fortuna, prima di raggiugerci, aveva indossato una mia t-shirt lunga recuperata da un cassetto. Maggie non si stupì di vedere ancora in casa quella Venere bianca. Si voltò verso il frigo per prendere l'occorrente e domandò un po' beffardamente – dormito bene? – Benissimo! – rispose la ragazza in un linguaggio che, fra donne, voleva dire molto di più. Preparato l'occorrente accese a basso volume Bob Dylan, l'altra sua passione musicale, disse – Io stavo appena rientrando. Penso di andare a dormire qualche ora. Fate finta che non ci sia. Chiusa la porta dietro di sé, Betty rise meravigliosamente, mettendosi la mano davanti alla bocca come a voler moderare un eccesso sgradevole. Sorrisi anch'io vivendo un micro chock: per un istante avevo rivisto davanti a me Jenny! Betty riprese a flirtare e io, per cortesia, inizialmente la imitai. Poi improvvisamente smise di sorridere assumendo un'espressione seria – Non sei sincero. Cosa c'è che non va? – A cantare dicono che me la cavi abbastanza bene, ma come attore sono una schiappa. Si era accorta che stavo fingendo uno stato d'animo gioioso, ma stavo solo aspettando che arrivasse il momento di doversene andare. Non erano certo difficoltà obiettive a sconsigliarmi di intraprendere un qualunque percorso con lei. Il colore della pelle o il suo definirsi queer non erano stati ostacoli per trascinarci in una notte fantastica. Improvvisamente, arrivato sulla spiaggia appagato, mi è passata la voglia di cavalcare le onde. Lo dissi alla signorina Cooper. Si mise le mani sul viso per nascondere due lacrime di origine misteriosa e in silenzio si alzò dallo sgabello andando in camera per rivestirsi. Aspettai che uscisse, mi lanciò uno sguardo rapidissimo, ma feci in tempo a chiederle – Non vuoi fare una doccia? – La farò a casa grazie – rispose avviandosi verso la porta. Non so quale impulso mi spinse a compiere un salto felino per aprirgliela e, impugnando la maniglia le dissi – ti va di fare con me un lungo viaggio nel deserto? Dovrai solo portarti il passaporto col visto per l'Etiopia e lì non c'è proprio il mare, quindi: niente onde da... cavalcare. – Le tornò il sorriso, mi strinse forte prima di andar via e da quell'abbraccio capii che si trattava di una risposta affermativa.

Avevo pensato già da tempo di voler fare un viaggio verso le mie origini, approfittando del momento di carenza di *date* e di impegni di registrazione. Non avevo proprio idea da dove cominciare. I tour operator proponevano mete turistiche da fotografare con soggiorni in resort esclusivi. Non era quello lo scopo del mio viaggio. Ripescai il *diario* di Jenny: sarebbe diventato quello la mia guida, anche se vecchia di oltre venti anni. Parlai a nonna Maggie del mio progetto e lei si propose per accompagnarmi come esperta, avendo già attraversato quell'esperienza. – Arrivare ad Addis Abeba non è difficile, ma raggiungere Gambo è un casino! – Fu complicato dissuaderla, ci riuscii solo quando le feci vedere il diario della sua Jenny e dicendole che mi avrebbe accompagnato Betty.

Non avevo un progetto preciso. Nel sistemare opportunamente le mie risorse economiche per poterne disporre da qualunque parte del Mondo, ebbi l'occasione di vederne l'effettiva e completa consistenza. Passai dal mio procuratore per informarlo del mio viaggio e salutarlo. Gli promisi di riconsiderare la mia svolta artistica e lui ricambiò concedendomi un anno sabatico di *porta aperta*. Dopo l'avrebbe chiusa definitivamente.

Perfezionai accuratamente i dettagli del viaggio sfruttando i consigli del diario di mamy. Suggerii a Betty, oltre a scegliere un abbigliamento adatto e soprattutto sobrio, di non portarsi apparati elettronici o macchine fotografiche costose, possibile esca di aguati o aggressioni sgradevoli. Le offrii una carta di credito per gli acquisti e i preparativi, ma lei non l'accettò perché non ne aveva bisogno – Ti permetterò di offrirmi il soggiorno in Etiopia: per il resto, compreso il viaggio di ritorno, provvederò autonomamente – disse con dolce fermezza. Non ci vedevamo tutti i giorni e forse questo costituì più solide fondamenta per un eventuale rapporto futuro che entrambi decidemmo di non prevedere come conseguenza finale.

Giunse alla fine il giorno della partenza. Raggiungemmo con Betty l'aeroporto e prima di entrarvi, mi fermai per domandarle – Sei proprio convinta di voler fare con me questa attraversata nel deserto? Non sarà un viaggio di piacere, una comoda vacanza fatta con la speranza di innamorarci! – Mi rispose se non ne fossi sicura, anche in questo momento chiamerei un taxi per farmi riaccompagnare a casa. Sono assolutamente risoluta: andiamo. – Non era cambiato l'orario, partimmo puntualmente alle otto e trenta come Jenny. Dovevo preparare Betty ai dettagli di quel viaggio. Lei si pose in attento ascolto avvicinandosi a me senza ricorrere a una seduzione moderata che, infondo, non sarebbe stata respinta da me perché giustificabile con la naturale confidenzialità del racconto. Le parlai della mia mamma, della sua breve storia e del contenuto del diario che raccontava la mia. Mi prese la mano, me la strinse più volte, l'abbandonò per asciugarsi gli occhi dal pianto per riprenderla subito dopo aver completato l'operazione. Giunto alla fine della narrazione, ci abbandonammo a un torpore che servì a farci assimilare tutte le frasi condivise, ogni contatto che aveva accompagnato i momenti più tragici accomunandoci in una solidarietà senza confini. Fummo richiamati dopo poco tempo, così almeno ci parve, per la colazione. Ordinammo e ci ritrovammo subito insieme con un bacio. Iniziò la fase della spiegazione di quanto sarebbe accaduto dopo il nostro arrivo a Adis Abeba. Ero riuscito a rintracciare Amadi, la stessa guida e autista di Jenny. Svolgeva ancora lo stesso lavoro! Non gli avevo parlato delle mie origini e di Jenny che aveva conosciuto più di vent'anni prima. Probabilmente una vaga sensazione gli fece rivolgere ripetutamente, ma brevemente lo sguardo verso di me perché gli sedevo accanto. – Siete americani? – esordì per rompere il ghiaccio. Io sorrisi e risposi – Betty si, io ho il doppio passaporto: Usa ed Etiope. – Avevo ragione! – replicò – sarai nato negli Stati Uniti, credo – affermò volendone sapere di più. Sono rimasto indeciso se raccontargli la mia storia o tacergliela, visto la diversità di vedute che mamy aveva appuntato nel suo breve diario. Mi sentii sfiorare la spalla da Betty che mi sedeva dietro che mi incoraggiava a fidarmi di quell'uomo e non averne paura. Quella prima parte di percorso sarebbe durata alcune ore e, probabilmente, avremmo avuto ancora bisogno di Amadi, ma volli indugiare ancora come per fargli una sorpresa gradita, speravo – Voglio fidarmi di te. Mi hai riconosciuto, vero? – Forse, ma dimmi tu: chi sei? – domandò ostentando un dubbio concreto che cercava solo conferma. Tami Wonder – risposi scrutando platealmente la sua espressione. Osservai un suo tuffo nella nebbia improvviso, perché il nome non gli diceva assolutamente nulla. – Il cantante rap... – aggiunsi insieme a qualche titolo dei miei *successi* internazionali, fingendo di voler agevolare la sua memoria. Lui, non volendo porsi in cattiva luce ammettendo la sua ignoranza, disse – Non amo quel genere di musica e, se davvero sei un rapper famoso, qui non andare a raccontarlo in giro: potrebbe essere pericoloso. – Abbandonai ogni indugio e uscii allo scoperto. – Ti dice niente il nome Tamiru o quello della regista di spot Jenny Jefferson? Lei è stata tua cliente insieme alla sua troupe e ventiquattro anni fa mi ha adottato, dopo avermi salvato dalla foresta. Sono stato strappato dalla morte nell'ospedale rurale di Gambo... – Con una frenata e una brusca sterzata, si arrestò fuori dalla strada – E tu saresti quel Tamiru lì? – domandò incredulo. Alla mia risposta affermativa, mi strinse vigorosamente la mano col sorriso di chi, alla fine, non si era sbagliato sul proprio intuito. Si voltò verso Betty e disse – Lei sembra troppo giovane per essere la tua mamma, anche se, quando l'ho conosciuta, era molto bella. Avrà più anni, ma probabilmente lo sarà ancora. – Quando gli raccontai della triste fine, parve sinceramente commosso. Si riprese e cominciò a trattarmi come un padre dispensando consigli e, soprattutto, garantendomi il suo supporto logistico. Dopo la sosta a Shashamane, giungemmo a Gambo nella tarda mattinata. La nostra guida ci aveva avvertito che sarebbe stato difficile incontrare le stesse persone che aveva trovato mia mamy. Il dirigente dell'Hospital era rimasto lo stesso, così pure il personale che, all'epoca, era il più giovane. Molti, dopo alcuni anni e quando si presentava la possibilità, avevano preferito trasferirsi in altri ospedali più comodi e attrezzati. Chiesi ad Amadi se sapesse dei movimenti delle suore cristiane. Mi rispose che c'era stata una rotazione frequente. Due erano decedute per malattie ed erano state sostituite. La più anziana, molto malata, era rientrata nel suo paese di origine. – E Jacqueline? Sai qualcosa di lei? – domandai accertandomi fra i nomi memorizzati sul portatile. Appresi con gioia che l'aveva vista l'ultima volta che aveva portato un carico di medicinali, nella settimana precedente.

Per varcare l'ingresso del Rural Hospital controllarono i documenti Covid 19 e ci fecero accedere in direzione. Il dottore ci raggiunse poco dopo, mi presentai, ma si scusò per non essere in grado di riconoscermi. Gli parlai di sorella Jacqueline e subito si entusiasmò mandando qualcuno a chiamarla. Poco dopo giunse la suora. Dissi – con tanti bambini passati fra le sue braccia, probabilmente non si ricorderà di me: sono Tamiru Jefferson, adottato da Jenny circa venticinque anni fa. Era una regista americana venuta con la sua troupe; conobbe mio padre Salim e mia sorella Sashua... – solo allora comparve una sua forte emozione e aprì le braccia per accogliermi visibilmente commossa. – Come potevo riconoscerti? Eri un bambino minutissimo strappato con la partecipazione di tutti a una morte che ormai rideva per un'altra sua vittoria. Vedo con piacere come l'abbiamo beffata. – Provai una sensazione strana. Ovviamente non ho riconosciuto nessun dettaglio di *sister* Jacqueline anche se, probabilmente, non doveva essere cambiata molto da quando mi aveva tenuto protettivamente tra le sue braccia. Forse avevo percepito una certa familiarità attraverso il particolare odore del prodotto utilizzato per sterilizzare il camice. Lei invece mi guardò qualche secondo negli occhi tenendomi le mani. Poi sorrise come se, alla fine, oltre a richiamare i ricordi soffocati da una miriade di immagini e volti simili, avesse riconosciuto il mio volto. Presentai Betty come mia carissima amica e lei ci propose di prendere un the insieme nello stanzino di servizio del personale. Prima di congedarci dal direttore, la ragazza mi ricordò con un gesto nascosto dell'assegno che avevo preparato per l'hospital. Lo consegnai al dirigente che ringraziò e, con un gesto consueto, prima di riporlo in una cassetta di sicurezza, diede una sbirciata all'importo. Si sbalordì e lo mostrò a Jacqueline. Lei mi guardò interrogativamente e io dissi – Si tratta di un simbolo di riconoscenza mio, di Betty e Jenny, che non c'è più. É un contributo che posso permettermi e non pregiudica il mio futuro mentre certamente potrà essere utile per l'opera che svolgete tutti i giorni salvando vite che diversamente andrebbero perdute.

La sorella preparò il the e sedette insieme a noi intorno a un piccolo tavolo. – Jenny mi teneva informata su di te, sui tuoi progressi e con le tradizionali lettere, che ormai si usano sempre meno, mi aveva parlato anche della sua malattia. Aveva scritto anche della sua scelta di non informarti subito delle tue origini e si riprometteva di cercare il modo giusto per farlo. A quanto pare, prima di lasciarci, lo ha trovato. – Sì in extremis, attraverso la forma di un diario, quando ormai non riusciva più a parlare. – Risposi commuovendomi. Jacqueline aggiunse che mamy aveva sostenuto continuamente l'attività dell'ospedale e aveva finanziato anche la conservazione della memoria di mia sorella Sashua. Probabilmente stava predisponendo per me la possibilità di venire a contatto, anche visivamente, con il mio passato, con la mia famiglia e i luoghi che hanno sentito i miei primi vagiti, senza fare in tempo a riconoscere i miei primi passi. Congedandoci per riprendere la sua attività, la suora promise che il giorno dopo, nel tardo pomeriggio, ci avrebbe guidati nel povero cimitero vicino all'ospedale di Gambo.

Uscendo guardai intorno le enormi precarietà che andavano ancora risolte, ed ebbi la sensazione che, con i cinquecentomila dollari donati, molte avrebbero trovato soluzione. Sicuramente un posto del genere riceveva risorse cospicue da tutto il Mondo; probabilmente le stesse venivano utilizzate più per affrontare le emergenze sanitarie e sociali che per migliorare l'estetica dei luoghi. Cominciavo a subire il fascino dell'azione di tanti uomini e donne, volontari o retribuiti, presenti in quel luogo per risolvere problemi e

restituire diritti a chi non aveva altre chances per vivere.
Tornammo al tucul *resort* assegnatoci e consumammo un pranzo essenziale, ma non ne soffrimmo. Nel pomeriggio incontrammo Amadi per concordare le modalità per raggiungere il luogo del *sacrario.* Ci informò che la situazione non era cambiata molto dai tempi di Jenny. I rischi, anzi, erano aumentati e, invece della scorta militare, bisognava concordare economicamente una protezione con il comandante della banda dominante nella zona. L'uomo si fece carico di organizzare i dettagli e di attivare i contatti necessari per raggiungere il villaggio, ormai abbandonato, dove lady Jefferson aveva voluto far realizzare una stele che la natura non potesse riuscire a nascondere.
Con Betty pensammo di guardare il circondario del Rural Hospital in attesa che arrivasse l'ora dell'appuntamento con Jacqueline. Ogni dettaglio sembrava corrispondere ancora alla descrizione di mamy. Capanne improvvisate sorgevano in ogni spazio libero e declinavano tutti gli stadi di povertà e potemmo osservare la solidarietà dei meno poveri verso i più diseredati. Le abitazioni isolate, con orticelli protetti da barriere recuperate da vecchi presidi militari, compreso filo spinato e teschi, veri o riprodotti, su cartelli piantati nel terreno, distinguevano probabilmente un ceto sociale superiore, pur sempre nell'ambito della povertà. Vicino alla scuola stracolma, ma ben organizzata con grandi sacrifici da religiose e laiche coadiuvate da alcune madri retribuite con un piccolo salario, girovagavano i bimbi arrivati da poco e non ancora inclusi. Ci vennero incontro ed io e Betty distribuimmo gallette dolci e salate che ci aveva suggerito di comprare Amadi. Una ragazza si avvicinò e ci disse qualcosa in lingua amarica. Io riuscii a capire solo qualche parola e la pregai di esprimersi in inglese, se lo conosceva. Tzita iniziò a utilizzare un comprensibile americano *amaricato.* Si propose di farci da interprete durante il nostro soggiorno a Gambo o nella provincia di Shashamane chiedendo un compenso di quarantotto birr al giorno (circa un dollaro). Non volevo fare lo sbruffone sconvolgendo l'equilibrio economico della

ragazza offrendole una cifra molto superiore, adeguata alle mie possibilità. Pur sapendo che saremmo rimasti nella località pochi giorni, accettai la richiesta pagando in anticipo per tutto il mese. Tornammo all'ospedale per l'appuntamento con Jacqueline. Accompagnati da Tzita molto conosciuta, superammo più facilmente i filtri posti all'ingresso. La suora ci raggiunse quasi subito e salutò la ragazza che conosceva molto bene. Dovette insistere per convincere la giovane a recarsi nel refettorio destinato al personale per consumare la colazione, mentre lei ci avrebbe accompagnati a visitare il cimitero. Superammo un giardino e un orto curatissimi e, entrando nell'area destinata alle sepolture, la suora disse - Purtroppo, questo è uno dei rarissimi posti in cui si riesce a realizzare una soddisfacente integrazione fra tutte le religioni, le razze, le etnie e ogni differenza culturale e di ceto. Pensate che, fin dall'inizio, mentre nessuno osava proporre simboli identificativi, fu proprio il capo che controllava tutta la zona a chiedere di porre all'ingresso una croce, pur senza il corpo di Gesù crocifisso. - Mentre camminavamo lungo i sentieri costeggiati da tombe essenziali, in alcuni casi contraddistinti da una pietra senza alcun dato conosciuto, ci raccontò che Tzita era una delle bambine salvate dalla miseria e dalla fame. Molte coetanee, abitualmente componenti di famiglie molto numerose, diventavano uno *strumento* per risolvere i problemi di esistenza di tutta la famiglia o con la prostituzione o con i matrimoni combinati attraverso veri e propri baratti. La comunità religiosa di cui Jacqueline faceva parte, venendo a conoscenza di situazioni simili, quasi sempre riusciva a strappare a questo destino le sfortunate e rassegnate bambine prima, pagando una sorta di riscatto al *promesso sposo* e accollandosi il sostegno, l'istruzione e la formazione di tutti i restanti componenti della famiglia della promessa sposa. La suora sembrava una professoressa che voleva trasmettere rapidamente tutta la complessità di quel mondo rurale formatosi intorno all'ospedale o presso strutture simili nelle tante Gambo del Mondo. Spiegò che non risultava facile estirpare consuetudini tribali e orribili relazioni fra componenti familiari, oltre ai diversi elementi gerarchici delle numerose e piccole società che resistevano anche alle leggi dello Stato. Cercare di dare dignità a ogni essere umano, eliminare qualunque privilegio, combattere la sottomissione fisica, economica e morale di tutti, faceva trasformare i volenterosi promotori di tali iniziative in obiettivi da distruggere da parte di bande di prepotenti, arroganti, uomini privi di scrupoli e intenzionati a difendere sé stessi e la loro barbarie, accentrando la povera economia di sopravvivenza o con il terrore imposto attraverso una violenza cieca e inaudita anche fra le belve. – Questo non è solo un problema di questo posto, apparentemente arretrato, ma molto più solidale di tante culle della civiltà di ogni occidente. – Jacqueline si interruppe fermandosi davanti a una sepoltura. Una foto in ceramica raffigurava un uomo e una bambina sorridenti. Dopo una scritta in amarico, una traduzione in inglese diceva:

*"Sashua e Salim credevano di aver superato le sofferenze e di poter ricominciare a vivere nella gioia. Qui l'ha deposta il suo papà prima di correre a salvare il resto della famiglia: la moglie Aminah, i piccoli Halima e Tamiru. Qui riposa Sashua, aveva solo tredici anni. 1997".*

Mi avvicinai con grandissima emozione alla pietra che aveva quella foto incastonata, sfiorai con la mano la ceramica fredda e piansi. Betty e la suora mi lasciarono alcuni minuti vivere da solo quel momento che avevo immaginato da molto tempo. Quando mi sentii liberato e, in un certo senso, appagato, mi asciugai gli occhi e mi alzai con una serenità che mi ridiede la pace sospesa da quando avevo conosciuto la mia storia. Raggiunsi le mie accompagnatrici e Jacqueline precisò – La foto fu scattata quando Sashua apparve in grado di rispondere bene alle cure riabilitative ricevute in ospedale. La prima frase appare proprio la didascalia dell'immagine. Tuo padre era riconoscente verso di noi e orgoglioso di aver salvato tua sorella. Successivamente, in pochi giorni, emersero tutti i danni prodotti dalla malnutrizione e dal

sistema immunitario devastato. – La suora si commosse fino a dover essere sostenuta da me e Betty. Poi con rabbia, ma sommessamente per il luogo in cui eravamo aggiunse – Quante volte ancora si devono ripetere scene simili prima che l'egoismo di ricchi e benestanti si accorga di ciò che accade qui, posto già fortunato perché ci siamo noi, e in tutti i luoghi dove la gente nasce e si è abituata alla fatalità di veder morire i propri figli? Aspettano che si estinguano tutti i poveri per non dover vedere questo spettacolo... fastidioso? – Si rivolse a me, mi prese il polso e aggiunse – Vai, vai a vedere il posto in cui sei nato! Dopo esserti commosso per la tua sensibilità, spendi la tua autorevolezza nel campo della musica a far capire alla gente che cosa succede ogni giorno: sembra che non esista alcun Dio e l'egoismo si sia proclamato imperatore assoluto e incontrastato. – Jacqueline sembrò spaventata dalle parole che aveva appena pronunciato. Ci guardò con espressione stupita e fuggì senza aggiungere nulla. Mi rigirai alla tomba di Sashua e la considerai anche di mio padre. La foto mi lasciò immaginare che fosse stato sepolto insieme a lei. Betty mi prese per mano e mi portò via dal cimitero.
Diventai impaziente di compiere l'ultimo atto di quel viaggio verso le mie radici perché cominciò ad assalirmi una strana sensazione: la paura di essere ripreso dal mostro a cui ero stato sottratto e di seguire la mia famiglia nella fine predestinata. Amadi comunicò che due giorni dopo saremmo partiti per il villaggio nella foresta. L'esito della trattativa, conclusa con venticinquemila dollari, prevedeva l'utilizzo dei mezzi e una scorta di venti uomini armati per non più di ventiquattro ore. Provai a convincere Betty ad aspettarmi a Gambo, ma il risultato della mia *trattativa* fu un disastro: sarei stato seguito da lei e, in assenza della nostra guida, ripartita per Shashamane, Tizita ci avrebbe fatto da interprete. Cercai di dissuaderla adducendo il timore che avventurarsi in quei luoghi, con la presenza di tanti uomini, per due donne potesse risultare pericoloso. – Uno dei soldati è il fidanzato Tizita – Rassicurò in maniera definitiva colei che ritenevo sempre più la mia... compagna. Ero molto agitato e

mi meravigliai che in quel contesto Betty mi proponesse un massaggio shiatsu che, pur con la durata di un solo minuto, mi procurò la sensazione di benessere e rilassamento previsti. Al mattino ci alzammo di buonora e di buon umore. Decidemmo di prepararci una colazione abbondante ma, mentre cercavamo di organizzarla, giunse Tizita insieme al *boyfriend* con due sacchetti contenenti tutto quello che potessimo desiderare. Cominciammo a conoscerci e i due ragazzi, un po' più giovani di noi, apparivano molto simili ai loro coetanei del resto del mondo con le loro aspettative, i sogni da realizzare, la consapevolezza di avere più *chances* in Europa, negli USA o in Canada: comunque altrove. Aziz aveva accettato di far parte di un gruppo armato non per convinzione politica, ma per guadagnare il denaro occorrente per partire. L'interprete alle nostre *dipendenze* cercava di fare altrettanto. L'impegno di contribuire al sostentamento della madre e dei fratelli però, le consentiva di mettere da parte ben poco; Il ragazzo le toccò il braccio e, sorridendole, in un americano molto stentato ma comprensibile, le disse – Può risparmiare poco ma per me ha un grande valore il fatto che mi stia insegnando a parlare in inglese gratis, solo qualche bacio – aggiunse strizzandomi l'occhio – Tizita gli tirò un pugno attenuato per rimproverarlo della violazione della loro intimità. Io per uscire dall'imbarazzo replicai – Anche Betty mi fa certi massaggi *shatsu*… – Questa volta fu miss Cooper a sganciarmi un pugno meno attenuato di quello dell'interprete. L'incontro proseguì permettendo alla sensazione di conoscerci ed essere amici da un sacco di tempo di crescere rapidamente. Ci avventurammo per le vie che intersecavano quella principale che conduceva al Rural Hospital. Notammo alcune casette nuove. - Da noi sono considerate villette di lusso; hanno perfino i servizi all'interno e le porte! Ovviamente è tutto molto essenziale, ma per la maggior parte di chi vive qui, costituiscono un sogno che si realizza solo per pochi fortunati. – La beneficienza, il volontariato, la sanità e il *lavoro indotto*, costituivano una parte importante dell'economia del territorio. Ancora troppi erano coloro che potevano permettersi un'alimentazione non varia e carente oppure dovevano procurarsi l'acqua da sorgenti a monte degli insediamenti abitativi e dei campi coltivati di Gambo. – Con questo ritmo, le numerose e importanti gocce d'acqua non riusciranno mai a far uscire dall'emergenza, dalla fame e dalla miseria la quasi totalità della popolazione. Quelli come me penseranno sempre più di poter trovare la soluzione solo emigrando, lasciando i più deboli, gli anziani, i più poveri fra i poveri in questa situazione, magari con l'intento di aiutarli a distanza. Ecco perché utilizziamo qualunque mezzo per fuggire. Io non avevo mai visto un'arma, e certamente non l'avrei mai imbracciata per sparare un colpo. Ti giuro che non avevo altre vie di uscita. Io amo il prossimo, mi piace la musica rap, ma col mio lavoro, devo ascoltarla di nascosto: il *comandante* ha proibito di farlo. – Fui piacevolmente stupito da questa confessione – Chi ti piace – chiesi quasi distrattamente. Lui elencò numerosi rapper relativamente datati e concluse con Young Dolph, Gucci Mane e... Tami Wonder! Certamente non immaginava di trovarsi accanto a me. Mi guardai intorno e, accertatomi che nei dintorni non avessimo orecchie pericolosamente indiscrete, tirai fuori il mio portatile e gli avviai *Overseas.* – Conosci questa? – gli domandai come si fa abitualmente con un amico. Lui l'ascoltò con attenzione ed esclamò – C'è meno *cazzo* e meno *merda,* ma sembrerebbe un nuovo pezzo di Tami Wonder. Vissi qualche istante di orgoglio intimo e decisi di inviargli tutti gli ultimi pezzi in attesa di essere pubblicati su scala mondiale. Mi ringraziò e li inserì nella cartella a me dedicata.

Camminando accanto a lui e, pur essendoci numerosi bambini di tutte le età, nessuno osava avvicinarsi per chiedere qualcosa; probabilmente la sua t-shirt nera e i pantaloni color divisa mimetica, costituivano una *protezione* per me, ma anche ona sorgente di timore per piccoli e adulti che si tenevano a distanza. Improvvisamente, come per riprendere un discorso interrotto, disse – Io andrò via da qui con Tizita, cercherò di fare fortuna nel Mondo per tornare di tanto in tanto ad aiutare quelli che rimarranno, non essendo in grado di partire. – Bravo! – esclamai per commentare l'intento. Poi osservai - Ma se tutti i più forti e più capaci partissero, in posti come questo rimarrebbe la parte debole della società, quella abituata alla misera o in grado di salire solo pochi gradini oltre la sopravvivenza. – Aziz non comprese il senso di quella frase. Chiamò la compagna che ci precedeva con Betty di qualche metro e le chiese il significato di quanto avevo appena affermato. Dopo una difficoltosa spiegazione, il ragazzo si rivolse nuovamente a me – No! Io, oltre a portare aiuti materiali, comunque necessari, insegnerei a pretendere i loro diritti, a costruirsi un futuro migliore... – E poi scapperesti di nuovo. C'è una parte di Mondo che non vuole ciò che desideriamo per la nostra terra. Infatti, da decenni qui, come in mille altri posti, rimane la stessa situazione, la fame, il soccorso dei volontari, le bande che imperversano, non per arricchirsi sfruttando i miserabili, avrebbero poco da spolpare, ma assoldate per soffocare sul nascere la ribellione e, attraverso un manipolo di uomini e ragazzini comprati a un prezzo minimo, mantenere la stessa situazione. Tu, ad esempio, per cambiare te ne andrai e, ancora prima di partire, prometti di essere generoso *part time* – Mi resi subito conto di aver esagerato. Betty, per scaricare la tensione, ordinò – Basta: non si discute! Ora andiamo a casa nostra e preparerò per tutti una favolosa colazione. Nessuno ebbe il coraggio di defilarsi e compimmo il percorso silenziosamente. In realtà nessuno aveva appetito, ma a tutti parve una buona soluzione per placare gli animi. Betty e Tizita si rifugiarono in cucina iniziando a parlottare fittamente e a ridere. Il rumore delle pentole e delle stoviglie permise a noi uomini di ripartire con moderazione. Aziz esordì – Probabilmente hai ragione. Tu riesci a vedere con gli occhi di un americano benestante il quadro più completo e aderente alla realtà di Gambo e di tutta la costellazione di villaggi vicini. Avrai visto in TV la miseria nera e ti sarai sentito in colpa per uomini, donne e bambini curati da pochi volontari al Rural Hospital. Io ti assicuro che ciò che ho visto nella foresta e terribile. Esseri umani viventi che non hanno più la forza di sollevare le ossa del loro scheletro, assistiti da altri poco più in carne, bambini dal ventre gonfio ma mai sazi intenti a riciclare rifiuti già poveri, stregoni che spingono a guerre per contendersi un pugno di segale o i frutti spontanei guardati a vista dalla nascita fino alla loro maturazione... – Lo interruppi. Mi parve il momento di uscire allo scoperto. – Aziz, io ho anche il passaporto americano, ma sono nato qui, nel villaggio della foresta che raggiungeremo domani. Mi chiamo Tamiru perché quel nome è stato scelto da chi mi ha salvato. Mia mamy mi ha raccontato di non pensare che sarei sopravvissuto e, quando un dottore ha colto un mio primo segno di vitalità, ha parlato di tamir, miracolo in amarico. Sono stato in ospedale per un anno. Jenny mi ha adottato, mi ha portato in USA, mi ha nutrito, curato, fatto studiare la musica... – Aspetta, aspetta. Poi sei diventato Tami Wonder? – mi interruppe emozionato Aziz. Annuii e dovetti battere un cinque che culminò con una poderosa stretta di mano. Poi urlò – Tizita, Tizita, sai chi è il mio amico? Tami Wonder! – la ragazza rispose poco meravigliata - Davvero? – Spiegai la ragione del mio viaggio al giovane e lo pregai di tenere riservata quella notizia. Tutti sapevano per quale motivo mi trovassi a Gambo e volessi recarmi al villaggio nella foresta, ma ignoravano la mia identità artistica. La colazione fu pronta. Vedemmo unire due tavolini e apparecchiare per molto più di quattro persone. Noi uomini ci guardammo interrogativamente. Tizita uscì e, poco dopo, entrò con una carovana di bambini e qualche adulto intimiditi ma contenti. Ricevemmo due strofinacci come grembiuli iniziammo a servire alla tavolata coppe di minestra calda. Con una sorta di cucchiaio di legno. Il più anziano chiese alla nostra interprete qualcosa. Tizita sedette a tavola insieme a loro. Seguì un *"thank you"* corale e, mentre i bambini posato il cucchiaio, iniziarono a bere dalla direttamente dalla ciotola, gli adulti si sforzarono di imitare la ragazza che svolgeva la funzione di *addestratrice.* Dopo alcuni bis, fu la volta di fette di frittata

agli ortaggi e formaggio molto comune nella compravendita locale, ma sconosciuto ai nostri ospiti. La pietanza fu gradita e andò fino a *esaurimento scorte*. Fu la volta della frutta che i più avevano solo visto, abituati a consumare quella selvatica non protetta da alcun proprietario, quando disponibile. A quel punto nessuno si trattenne dal pensare al domani, mettendo da parte ciò che era avanzato, dopo aver saziato il proprio appetito. La maggior parte delle gallette diventò scorta per il futuro. L'anziano parlò ancora con Tizita che si alzò e accompagnò le tre donne ai servizi. Dopo poco furono chiamati a gruppetti di tre i bambini che ne uscirono poco dopo lustrati. Completata l'operazione, fu l'anziano ad assentarsi. Quando tornò anche lui ripulito, e non solo dai residui del pranzo, fece un cenno. L'interprete ci chiese di allinearci verso l'uscio e i più piccoli sfilarono dando la mano e baciandoci, tentando di dirci *thank you very much*, le donne chinarono la testa limitandosi a un *thank you*, il capo ringraziò in amarico e, stringendo sorridente la mano a tutti energicamente aggiunse nella sua lingua - Quando deciderete di ripetere l'esperienza, ci sarebbe la famiglia di Akila; ha anche i figli della sorella morta due anni fa. Qualche volta l'aiutiamo anche noi, come possiamo.
Ci sentimmo felici tutti e quattro e anche angosciati. Notammo come bastasse poco per dare a tutti la possibilità di cambiare e migliorare la quotidianità e quanto ammazzasse l'indifferenza.
All'alba del giorno dopo, seguendo le istruzioni lasciate da Amadi, percorremmo circa due miglia verso la foresta fino a una pozza d'acqua da cui si dipartivano alcuni canaletti per l'irrigazione di alcuni orti *privilegiati* e ben protetti. Trovammo ad aspettarci Aziz. Camminammo ancora per circa mezzo miglio superandole diramazioni di una decina di sentieri simili a quello che stavamo percorrendo finché non raggiungemmo una piccola radura con quattro o cinque sicomori che formavano un boschetto. Lì trovammo due mezzi fuoristrada col motore acceso: uno da quattro posti con un autista che ci invitò a salire. Feci sedere le ragazze

dietro e io accanto al guidatore mentre Aziz prese posto su quello più grande insieme ad altri sette militari. Partimmo immediatamente. Fui molto scettico quando il militare, attraverso Tizita, mi rassicurò che l'altra dozzina di colleghi non li avrei mai visti. La tattica del comandante prevedeva un affiancamento nascosto nella foresta mentre l'attraversavamo. Aveva ragione: non vedevo nessuno. Il sentiero mi appariva meno angusto di quello descritto da Jenny, all'epoca stretto al punto da costringere la *spedizione* all'utilizzo di moto. Sperai che non ci fossero errori e che la meta, in qualche modo, venisse raggiunta. Arrivai perfino a trasformare comunque quell'escursione in un viaggio simbolico. Dopo un'ora giungemmo a un ponticello. S'illuminarono gli occhi con una luce alimentata dalla memoria, centrale elettrica formidabile. Scendemmo noi e i *passeggeri* del fuoristrada più grande. I mezzi superarono lentamente il ponte e quindi risalimmo, riprendendo il viaggio a passo d'uomo ancora per circa mezz'ora. Il comandante ci raggiunse e, indicando un sentiero ripido in salita, ci annunciò raggiante: - Poche centina di metri e l'obiettivo sarà raggiunto. – lasciò gli autisti, due militari veri e sei... virtuali a vigilare i mezzi; gli altri, compreso Aziz, ci avrebbero scortati a piedi in quell'ultimo tratto. Poche centinaia di metri di una salita così ripida, ci misero a dura prova. La facilità della prima parte del viaggio, ci aveva illusi che potessimo raggiungere la meta in scioltezza. Stringendo i denti, giungemmo a una radura che lasciava intravedere a malapena i resti di un villaggio di tucul. Ci fermammo a riprender fiato e, in quel momento, riaffiorò in me il motivo profondo della presenza in quel luogo. Avanzammo con fatica fra le tracce dell'abitato aggredito quasi con rispetto dalla vegetazione che si riappropriava di quel luogo. La forma circolare dei ruderi, si intravedeva appena e potei solo immaginare che, in una di quelle che un tempo furono capanne, mia madre mi aveva partorito. Non vi era alcuna possibilità di individuare quale. Ruotai lo sguardo più volte finché il dettaglio non diventò insignificante. Come forse aveva fatto mio padre, girai la testa verso il piccolo promontorio che dominava il villaggio. Una barriera di vegetazione copriva la sommità, ma si scorgeva ancora l'inizio di un passaggio che, con un tornante abbastanza ampio, probabilmente conduceva verso la sommità. Chiesi a comandante di potermi recare da solo. Betty si avvinghiò al mio braccio facendomi capire che non mi avrebbe *mollato*. Il Capo mi obbligò a farmi scortare da un soldato armato di una pistola e da un machete, necessario anche per aprirci un varco nella vegetazione. Accettò che fosse Aziz a cui, si aggiunse... l'interprete! Raggiungere la sommità fu molto meno complicato di quanto si potesse immaginare dal basso. Uno spiazzo davanti a una parete di roccia. Al centro della stessa era incastonata una stele della grandezza di una porta di dimensioni normali. Erano scolpiti dei piccoli crateri di dimensioni differenti e mescolate, da minuscoli, circa quanto una moneta da dieci cent, a grandi pari al diametro di un dollaro. Mi venne in mente l'Urlo di Munch di cui parlava nel diario Jenny. Quindi la stele era un'opera commissionata da lei per me! Non trattenni le lacrime per quella sua sensibilità speciale, prima ancora di leggere il testo scolpito in amarico e in inglese.

Nel cuore di questa piccola montagna,
sono custoditi i resti degli abitanti
di un intero villaggio.
Non sappiamo nulla di loro tranne che di
Salim, padre della famiglia Tamiru
della Madre Aminah
di Halima sorella gemella di Tamiru
e settantacinque altri abitanti.
1996

Tamiru, l'unico sopravvissuto della sua famiglia, divenne il figlio di Jenny Jefferson

በዚህ ትንሽ ተራራ ልብ ውስጥ
የፈረዎች አስክሬን ተጠብቆ ይቆያል
አንድ መንደር በሙሉ
ከነርሱ በስተቀር ምንም የምናውቀው ነገር የለም
የታሚሩ ቤተሰብ አባት ሳሊም
አሚና እናት
ሃሊማ የታሚሩ መንታ እህት
እና ሰባ አምስት ሌሎች ፈረዎች
1996

*

ከቤተሠቡ በሕይወት የተረፈው ታሚሩ የጄኒ ጀፈርሰን ልጅ ሆነ

IN THE HEART OF THIS SMALL MOUNTAIN,
ARE KEPT THE REMAINS OF THE INHABITANTS
OF AN ENTIRE VILLAGE.
WE KNOW NOTHING ABOUT THEM EXCEPT
OF
SALIM, FATHER OF THE TAMIRU FAMILY
AMINAH MOTHER
HALIMA TWIN SISTER OF TAMIRU
AND SEVENTY-FIVE OTHER INHABITANTS.
1996

TAMIRU, THE ONLY SURVIVOR OF HIS FAMILY,
BECAME THE SON OF JENNY JEFFERSON.

Appoggiai per un minuto le braccia sui margini, quasi a voler abbracciare la mia famiglia insieme a tutti gli altri che si trovavano dietro quella pietra scolpita e Jenny che mi aveva dato la possibilità di farlo. Mentre tornavamo alla base, ripensai alla praticità di quella scelta fatta da mamy. In un posto simile e non protetto, immerso nella vegetazione, quel sacrario non avrebbe attratto nessun *passante* eventuale, ma improbabile. Mi sentii sollevato dall'aver portato a termine la missione che avevo deciso di compiere.

Tornato a Gambo mi parve di aver percorso un viaggio nella storia indietro di secoli e che riguardasse miei lontani antenati. Mentre Betty, aiutata da Tizita iniziò i preparativi per ripartire, io mi appartai in quella che era stata la *reception* deserta della *struttura alberghiera*. Improvvisamente si erano azzerati tutti i progetti per il futuro e mi rifugiai in quello che da anni era diventato il mio rifugio più intimo. Scrissi ipotizzando il titolo:

**Egoista**
Ora, proprio in questo momento,
mentre tu vai a divorare il Mondo,
lì, a pochi passi da te, accanto a te,
qualcuno sta morendo,
o è già crepato soffrendo,
come piace a te, senza far rumore.
Vai, vai, vai. Vai, vai, vai.
Vai! Se un altro volesse urlare il suo dolore,
chiudi la porta, sbarra le finestre e,
se si sentisse ancora gridare quell'infame
alza il volume a palla
della tua musica preferita
per coprire il suo rumore fastidioso.
Aspetta, aspetta pazientemente,
con le cuffie super cazziotroniche alle orecchie,
 non sentirai niente: le urla di quel pazzo,
non possono durare molto. E dopo?
Vai, vai, vai. Vai, vai, vai.
Vai come se non fosse successo niente,
tanto qualche sciocco deficiente,
non resterà lì a guardare:
vorrà ancora salvare il Mondo,
sprecando il suo tempo,
versando gocce d'acqua in un deserto.

Scrivendo e riscrivendo
le parole ti amo sulla sabbia,
non si stupisce se il mare
le cancella in un secondo,
è convinto che ce la possa fare, fare, fare.
Si ripete: ce la posso fare, ce la posso fare
a scolpire un "ti amo, fratello"
che rimanga lì per sempre.
Un incubo gli farà ammalare il cuore:
un vagabondo che viene dal mare
un altro che vuol partire
o forse vuol solo morire,
gli pesta il miliardesimo "ti amo, fratello".
Guarderà il cielo e dirà soddisfatto:
io sono un egoista buono
perché almeno ci ho provato!
Reset, reset, reset, reset l'ultima scena [stop music]
Togli un po' le cuffie, amico caro (del cazzo).
Quel profugo vagabondo
guarderà il cielo e, agitando le braccia,
maledirà quella tua fantasia
egoistica e autoerotica
e ti ripeterà mille volte: vai a farti fottere (vaffanculo)!

Mi sono autocompiaciuto di quel testo e ho subito pensato
che, con una musica strumentale incisiva, corredata delle
pause giuste avrebbe potuto trasmettere a chiunque i miei
sentimenti. In alcuni contesti forse la parte finale sarebbe
risultata troppo forte; con due correzioni risolsi il problema
(amico del cazzo, sostituito con un sarcastico "amico caro".
Fu più complicato sostituire il Vaffanculo con qualcosa di
altrettanto efficace. Alla fine, optai per "vai a farti fottere").
Vidi arrivare Betty che, con molta discrezione, aspettò che mi
accorgessi della sua presenza. Si avvicinò e mi annunciò -
Amadi ha telefonato che, per un imprevisto, verrà solo
domani per prenderci e accompagnarci a Adis Abeba – non
fui molto contrariato. Avevamo previsto di rimanere nella
capitale etiope un paio di giorni. Avremmo accorciato il

soggiorno di un giorno, lasciando inalterata la partenza del volo. Questo ci avrebbe permesso di trascorrere con Tizita e Aziz le ultime ore a Gambo e non ci dispiaceva affatto. Dopo un pasto veloce, tornammo da soli al cimitero vicino al Rural Hospital. Desideravo salutare ancora Sashua e papà, che le era accanto nella foto. Feci alcuni scatti e ci recammo a salutare sorella Jacqueline. Fu lieta di salutarci e ci congedò dicendo – Forse ci vorranno altri mille anni per cambiare e ottenere un Mondo senza poveri. La fede a me dona la costanza di continuare la mia opera, fare la mia piccola parte accontentandomi di vedere risultati appena percettibili nell'arco breve della vita terrena. Non dirò mai che è inutile - A Betty piacquero quelle parole, ma andandocene, notò il mio sguardo fisso nel vuoto, segno evidente di una elaborazione in atto sulle stesse. Attese pazientemente il completamento dell'operazione e, dopo qualche decina di passi, scaturì il risultato. – Jacqueline ha perfettamente ragione e il suo discorso vale anche per chi non ha il supporto di una fede religiosa. I matti, gli egoisti e i dittatori possono pretendere di cambiare il mondo con una rivoluzione. Apparentemente possono riuscire a sconvolgerlo con grande soddisfazione personale o di gruppo. La Società vince sempre attraverso un'elaborazione che porta prima ad assimilare, poi a rigettare con tempi, talvolta, molto lunghi. Se ci guardiamo intorno, vediamo anche in questo posto gli effetti di una marcia verso il benessere della popolazione. Certo, qui siamo verso la coda della carovana e se ci spostassimo più indietro poco lontano, come nel luogo dove sono nato che abbiamo visto ieri, troveremmo proprio gli ultimi. – Per questo ti voglio bene. Mi è capitato di incontrare davvero l'ultimo: un vero miracolo! – interruppe Betty stringendosi a me. – L'abbracciai e la baciai sui capelli – Ah, ah, ah! Solo gli innamorati fanno così – sentenziò compiacendosi Aziz prima di raggiungerci con Tizita.

Cenammo rapidamente acquistando bevande e razioni di cibo pronte, messe a disposizione dalla *reception* della struttura, custodite in un frigo-cassaforte.

Ci sedemmo sulle poltrone di vimini e la nostra interprete confessò di aver trascorso la migliore serata della sua vita. Improvvisamente, tacemmo per alcuni lunghi secondi finché Aziz non ruppe il silenzio. La voce appariva di una persona uscita con fatica da una grande commozione – Vedete quanto basta poco per cambiare la vita di una persona? Voi domani partirete, e ci mancherete come se avessimo vissuto tutta la vita insieme. Noi torneremo a lavorare per realizzare un sogno. Cercherò di non ammazzare o ferire nessuno e di non morire. Con Tizita non vogliamo tentare la fortuna come hanno provato tanti nostri fratelli o conoscenti. Per quel modo avremmo già le risorse necessarie. – Come? – Chiesi ignorando una prassi ormai consolidata – Ho perso due fratelli, una cognata e tre nipoti in un solo viaggio – scoppiando a piangere, allontanandosi di corsa con pudore per quelle lacrime sgorgate imprevedibilmente dagli occhi di un soldato. Mi mossi per raggiungerlo, ma la ragazza mi fermò, prevedendo che sarebbe tornato dopo aver recuperato il controllo delle sue emozioni. Poi, sommessamente raccontò la storia dei familiari di Aziz. Il fratello maggiore aveva deciso di partire per la Libia con la moglie e due figli piccoli. Da quella nazione, un'imbarcazione li avrebbe condotti in Europa. Il giovane scelse come meta più sicura, anche se più costosa, l'Italia. Non sarebbe stato difficile, successivamente, raggiungere la Francia o il Regno Unito. Aveva studiato per mesi tutti i dettagli, aveva accettato la proposta di un amico che diceva di aver portato felicemente a destinazione metà dei giovani del comprensorio della regione. Anche Aziz aveva contribuito a raccogliere la somma necessaria. - Il *tour operator* disse che, con una piccola quota aggiuntiva, avrebbe incluso anche il fratello più piccolo quindicenne. Un bel giorno, salutarono tutti e partirono felici e guardati con invidia da tanti. Il capofamiglia chiamò numerose volte Aziz, raccontando di essere felice di come procedesse il viaggio. Promise che, una volta arrivato a destinazione e sistematosi, avrebbe predisposto tutto perché li raggiungesse con me. Prima di entrare in Libia, chiamò per l'ultima volta. Disse che, per motivi di sicurezza, tutti i passeggeri dovevano sospendere ogni comunicazione e spegnere i portatili. Dopo qualche giorno, il *tour operator* tornò iniziando a reclutare viaggiatori per il mese successivo. Aziz, quando lui passava da Gambo, gli chiedeva dei familiari in viaggio... – Tutto bene, tutto bene! – aggiunse Aziz rientrato, prima di proseguire il racconto. – In Libia arrivano per partire da tutta l'Africa. A volte, il maltempo o il mare agitato rallentavano le partenze. Per questo i tempi d'attesa potevano prolungarsi un pochino. Mi diceva Aslan. Dopo tre mesi di mancanza di notizie, lo affrontai e, afferrandolo per il collo, pretesi di parlare con mio fratello. Mi disse spaventato che il suo ruolo cessava al confine della Libia, poi erano altri ad occuparsi della prosecuzione del viaggio. Continuai a stringergli il collo finché non mi agitò davanti agli occhi un satellitare. Mollai la presa. Mi disse che avrebbe chiamato il suo contatto che provvedeva a organizzare e distribuire i passeggeri sulle imbarcazioni distinte con una sigla iniziante con la lettera *B (barge),* a indicare che il natante usato era una grossa barca, *D (dinghy)* per gommone. Seguiva il numero identificativo, di cui le ultime tre cifre indicavano quante persone fossero a bordo. Mi chiese di tacere durante la telefonata e attese che qualcuno rispondesse. - Aslan Oromy – disse alla risposta. Poi fece seguire: D02785123, il codice ricevuto al momento della partenza da Sabratha. Seppi che i miei fratelli, la moglie e i due bambini erano stati imbarcati su un gommone insieme ad altre centodiciotto passeggeri. Aslan chiese all'interlocutore di ripetere. La comunicazione cadde. Giunse un messaggio che dichiarò di non comprendere; me lo trascrisse su un foglietto. Nel consegnarmelo sorrise e disse: *Pantelliria...* – Me lo portò – proseguì Tizita inserendosi proprio mentre l'emozione stava riassalendo Aziz - *Sunk with no survivors Pantelliria* (affondato senza nessun superstite). *Pantelliria* è un'isola italiana dove, forse, avrebbero dovuto sbarcare. Probabilmente è stato un escamotage di Aslan per confondergli le idee e avere il tempo di fuggire, evitando una reazione prevedibile. – Il silenzio avvolse tutti e quattro. Io mi alzai e gli altri mi imitarono. Ci avvicinammo ad Aziz e ci stringemmo in un abbraccio solidale incrociando le nostre braccia. Poi dissi – Sedete un attimo. No, per voi non finirà così. Datemi qualche settimana e organizzerò tutto in modo da potervi imbarcare da regolari su un volo di linea per gli Stati Uniti d'America; inizialmente lavorerete con me e poi, se vi andrà, continuerete o sceglierete un'altra strada. – Chiesi i loro documenti. Mi portarono i passaporti nuovi appena ritirati. Li fotografai e, siccome non erano in possesso di un conto bancario e carte di credito, proposi loro di accompagnarci alla capitale per una... gita. Successivamente Amadi li avrebbe riaccompagnati a Gambo.

Quando fummo soli, chiusa la porta Betty mi diede un lungo bacio facendomi capire che apprezzava la mia generosità e questo mio dinamismo, oltre ad altre doti che non sto qui a specificare. Mi svegliai all'alba anche se il bagaglio era già pronto. Avevo ancora una mezza dozzina di produttori da contattare per proporre i bani del mio nuovo repertorio. Successivamente mi sarei buttato a creare io una piccola ma ben attrezzata casa discografica. Il progetto, comprensivo di piano finanziario, organizzativo e pubblicitario era già pronto perché me lo aveva proposto il mio amico Jimmy Sinclair, prima di farsi investire da un taxi. Il piano prevedeva acquisti e noleggi, preventivi e lista di società da lui interpellate per le previsioni di spesa. Io non lo respinsi, ma gli dissi che ero contrattualmente vincolato al mio produttore, prima che mi mandasse a quel paese. Solo parlando con Aziz e Tizita mi era balzato in mente che avrei potuto riprendere il progetto che sarebbe stato in grado di rispondere alle mie esigenze personali e a quelle delle persone a me vicine. Fui assalito da un'euforia che non riuscivo a contenere: la mia musica e l'arte sarebbero state rivolte al Mondo per pretendere e promuovere una Società Universale, senza nazioni, con territori amministrati regionalmente, ma con gli stessi principi di uguaglianza, giustizia e solidarietà. Mi sarei unito alle miriadi di individui

che condividono gli stessi valori, senza riuscire a compiere
passi concreti per realizzarli o non osano spingersi a credere
che sia possibile farli diventare realtà.

**Universale**
In tanti modi hanno cercato di fartelo capire.
Non è andata molto bene, non è andata molto bene!
Abbiano camminato su mille strade,
a volte ci siam sentiti leoni,
capaci di dominare la natura,
proteggere il nostro clan
e allontanare i deboli perdenti,
 con qualche verso gutturale
o semplicemente mostrando i denti.
Anche chi ha cercato di vivere al riparo,
pensava di aver trovato la soluzione,
mettendosi nella scia
di un capo con i bicipiti d'acciaio,
un bullo buttafuori che spazza via
chiunque gl'impedisca di avanzare,
prende qualsiasi scorciatoia
per passare avanti e ti lascia godere,
per i vantaggi ricevuti insieme a lui.
Tu, tutù, tutut, tutù, tu proprio tu,
quando non servirai più al suo successo,
diventerai un peso o un impedimento
per la sua prosecuzione,
verrai buttato via, verrai abbandonato
come un rifiuto ingombrante,
prima di accorgerti della trasformazione,
da probabile Superman a sicuro Supercoglione.
Ehi non buttarti giù, amico mio!
Di teste così, ne abbiamo viste sfrecciare tante,
spesso munite di un codazzo prepotente.
Hanno falciato chiunque non si sia scansato,
scompigliato la fila del popolo in cammino.
Una volta ci son voluti vent'anni e passa:
un altro gruppo di merde,

voleva dominare il Mondo.
Ha fatto bere lacrime e sangue alla massa,
prima che contro nascesse un girotondo.
Non buttarti giù, amico mio!
non buttarti giù, amico mio!
La fila del popolo in cammino,
dopo ogni catastrofe,
quando per l'umanità
sembrava che fosse finita,
quanto più appariva vano ogni speranza,
con un movimento strano,
ha eseguito un salto indietro,
qualche piroetta, scartato le scorie
e ripreso la sua marcia, piano, piano.
Deridendomi dirai –
Bravo Tami Wo, giovane Colombo:
hai riscoperto l'America! -
Io incazzato nero, adesso ti rispondo:
Ehi amico, non fare il furbo: hai capito bene!
Muovi il culo e fai la tua parte.
Anche una goccia, nell'oceano non è mai vana.
I miliardari stanno più avanti di te nella fila,
tu sei molto indietro. Loro non vedono te,
e ancor meno quelli dopo di te: [stop music]
Poverini! Che gusto c'è ad essere capi di una fila
in cui gli ultimi non ce la fanno,
arretrano sempre di più,
si perdono e crepano per fame.
È naturale, anzi: selezione naturale!
Non vi accorgete che anche i ricchi crepano?
Dicono con grande dispiacere
di non poterlo evitare.
Sì, è vero muoiono,
 per lo più a una certa età,
ma sempre sazi, mai per fame: VERGOGNA!

Mi è uscita una *instant song* un po' forte che probabilmente
non sarà apprezzata dai ricchi produttori, collocati per la

maggior parte nelle prime file della schiera del *popolo in marcia.* - Ok Tami Wonder, bello ma ti stai rinchiudendo in una gabbia che renderà il tuo messaggio sempre più estremista e inefficace, apprezzato forse da una nicchia di persone. Questo non ti permetterà di avere una sufficiente risonanza. – I giovani, la gente in generale recepiscono maggiormente temi legati all'amore in tutte le sue sfaccettature. La persona amata, la natura, la gioia, l'amicizia, il dolore, la disperazione, la nostalgia, la protesta e la libertà hanno ispirato e continuano essere espressi in forma artistica da sempre. Non sono assenti anche qualche pizzico di narcisismo e autocompiacimento. In questi confini avrei dovuto muovermi per parlare di solidarietà, giustizia, uguaglianza, politica ecc.

Amadi giunse puntuale. Protestò per l'aggiunta dei due passeggeri che avrebbe dovuto riaccompagnare a Gambo il giorno dopo, ma trovai l'unico modo convincente che gli potesse far cambiare umore.

Riuscii ad aprire tutte le porte riguardanti i documenti di Aziz e Tizita per concretizzare i nostri progetti, compresa l'apertura di un conto intestato a loro con la disponibilità di cinquantamila dollari e, infine, ci salutammo con un arrivederci prima di imbarcarci sul nostro volo.

Con Betty ci prendemmo la prima ora di viaggio per meditare in silenzio su tutta l'esperienza appena conclusa e sugli impegnativi progetti futuri. Fu lei a iniziare a parlare – Tutto bello! – commentando laconicamente quello che avevamo vissuto. Poi riprese – Anche i progetti. Abbiamo dato per scontato il nostro rapporto e la sua prosecuzione, ma io vorrei sentire da te cosa ne pensi. In maniera esplicita, intendo. – professionalmente, non replicai come mi sarebbe venuto d'impulso; per dare il giusto peso alle mie considerazioni, feci una lunga pausa prima di rispondere. – Mia cara Betty, in poco tempo, da quello che poteva essere uno dei tanti baci di una delle mille ammiratrici, siamo passati a fare l'amore come, non nascondiamocelo, lo avremo fatto tante volte, travolti dai sensi o da passioni senza possibilità di poter diventare storia. Eravamo tutti e due convinti di cogliere *l'attimo fuggente* senza pretendere di più, ormai come due maturi disillusi! Da momento in cui ti ho chiesto di seguirmi in questo strano viaggio e da quando hai accettato, la qualità del rapporto è cambiata: abbiamo preso sempre maggiori impegni reciproci, vedendo crescere le sue aspettative di vita e diminuire le paure di una fine... ritardata. Abbiamo fatto l'amore sempre meglio, bada bene, non ho detto all'amore, cioè come se ci fosse l'amore (scopato), ma come atto culminante di un sentimento travolto e alimentato dalla passione dei sensi. Ora credo che tutto ciò voglia dire solo una cosa diversa dal passato: possiamo spingerci a progettare il futuro e a costruirlo insieme gradualmente, se vorrai. – Betty mi sorrise, si avvicinò perché potessi sentirla senza dover alzare il tono della voce e mi sussurrò – Si tratta di una proposta di matrimonio o stai provando il testo di una nuova canzone molto bella? – Io sono un ragazzo serio: è quasi centrata la prima ipotesi; non ti chiederò di andare a Las Vegas per un giorno in più, in modo da avere il tempo di sposarti, tradirti e divorziare in un sol viaggetto. Avrei un progetto, più impegnativo. Che ne pensi? - Visto che non si era allontanata spaventata, mi voltai verso di lei per guardarla negli occhi e cogliere una eventuale indecisione, ma le mie labbra furono investite *gravemente* dalle sue. È così che si sancisce un patto serio e condiviso! La formidabile Betty mi aveva suggerito un buon utilizzo delle parole che mi aveva ispirato. Appena si addormentò con la testa posata sulla mia spalla, presi il mio bloc notes digitale e le fissai nella memoria.

**Young, young**
All'inizio per me non eri niente.
Ho ricambiato uno dei mille baci
di una delle mille ammiratrici,
gli ormoni hanno fatto il resto.
Abbiamo fatto l'amore
come lo avevamo fatto tante volte,
travolti totalmente dai sensi

con movimenti imparati a memoria,
passioni senza possibilità di diventare storia.
Convinti tutti e due di cogliere *l'attimo fuggente*,
come due *young* maturi disillusi,
che ormai di più non vogliono niente!
Non so cosa mi abbia spinto a chiedere
di seguirmi in questo strano viaggio:
hai accettato forse senza convinzione,
seguendo l'istinto, certamente con coraggio.
Il rapporto è cambiato:
è cresciuto sempre più, di più di più,
come il pancione di una futura mamma
abbiamo visto crescere l'amore ancora di più, di più ancora.
Lo abbiamo accarezzato con delicatezza
per una gran paura di fargli male.
È nato, sì è nato di sicuro!
Lo guardiamo bene: tutto ok, sembra normale!
Ora le sue aspettative di vita
sono di un grande amore
che può durare per sempre,
è scomparsa la paura
di una fine... prematura.
Tesoro, non è nato così per caso,
né per noia o distrazione:
abbiamo fatto l'amore sempre meglio,
con più attenzione.
Bada bene, non ho detto all'amore,
cioè come se ci fosse amore
(come dire: scopato),
ma come atto culminante
di un sentimento sul windsurf,
provando la stessa ebrezza
di quando riesci a prendere un'onda favolosa
che ti porta verso la riva senza travolgerti
e ti fa planare dolcemente sulla spiaggia.
Credo che ciò voglia dire
una cosa diversa dal passato:

possiamo spingerci a progettare il futuro,
costruirlo insieme gradualmente, se vorrai.
Forse un giorno mi calmerò,
ma ora vorrei darti *mille baci*
*e quindi cento, quindi altri mille*
*e un'altra volta cento, quindi altri mille e ancora,*
*ancora cento*, scriveva un pazzo
innamorato, più di duemila anni fa.
Se fosse come me, starebbe a baciare ancora,
come ho in mente di fare io con te,
giovane amore, sempre giovane amore.
Abbiamo preso un'onda favolosa
che ci porterà verso la riva senza travolgerci
e ci farà planare dolcemente sulla spiaggia.

In poco tempo diventai un esperto di tecnica e registrazione tanto da poter allestire con particolare cura uno studio completo, adattato alle mie caratteristiche e allo sviluppo futuro delle stesse. Ho scritto al singolare, ma il risultato è scaturito dalla collaborazione in primo luogo di Betty, numerosi ragazzi che avevano lavorato con me in passato e Aziz e Tizita (mutato in Zita) che ne frattempo ci avevano raggiunti con non poche difficoltà. Sapevo di non avere un tempo illimitato per far decollare la Casa col primo tentativo da non sbagliare assolutamente. Non volevo affidarmi a procuratori professionisti, perciò mi venne in mente di affidarmi alla Jefferson art Production. Potei rivolgermi direttamente a Michael Jefferson, ultimo dei fratelli ancora al timone della società. Capì subito chi fossi. Non apprezzava la mia musica, ma era attento esaminatore di tutto ciò che avesse successo. Ovviamente ignorò le sue avances respinte tanti anni prima da Jenny.
Mi ricevette sulla sua *astronave* e io contribuii a ridurre il suo disagio a ricevere direttamente un giovane di colore, vestendomi più come un manager che col mio solito look. Mi strinse la mano e sembrò gioire vedendomi al polso un vistoso orologio d'oro, indossato da me proprio per quella funzione. Avevo imparato che per svolgere anche il ruolo che

stavo affrontando, incontrando personaggi simili, bisognava tirar fuori un atteggiamento da figlio di puttana che non mi apparteneva. Funzionò al punto che mi portò al piano inferiore nell'ufficio che fu di mamy. Si alzò una biondissima, dalle gambe lunghissime che, per salutarmi dopo la presentazione, mi allungò una mano dalle dita così sottili da apparire artigli. – Miss Jane Johnson, le affido Tami Wonder. Il suo successo sarà strettamente legato alla conservazione della sua prestigiosa posizione alla Jefferson art Production. Guardi di non sottovalutare il ragazzo per la sua giovane età. Non è una promessa della canzone da lanciare. È una star già affermata che dobbiamo aiutare a confermarsi, con tutti i mezzi promozionali che lei conosce molto bene, social network inclusi. Il budget è un dollaro più il nove per cento dei diritti esclusivi ricavati da oggi per cinque anni. Prepari il contratto e me lo mandi per la firma direttamente, senza passare dai revisori, intesi? – La ragazza stupita annuì. Poi Michael Jefferson si rivolse a me e, stringendomi la mano, aggiunse – Credo che il trattamento riservatoti avrà stupito anche te, Tami Wonder. Gli affari sono affari e mi lascio guidare ancora dal buon fiuto, ma è il meno che potessi fare in memoria della Jenny mia omonima, tua madre adottiva. – Prima di uscire si voltò e aggiunse - Mi raccomando di non inseguire il successo abbandonandoti a scrivere le stronzate di quel Lil Nas e company: se proprio devo giudicare i rap, preferisco lo stile delle tue canzoni. – A Jane Johnson era tornato il sorriso già da quando il suo capo aveva pronunciato il mio nome. Evidentemente lo conosceva e credette il suo compito molto più facilitato. – Credevo di dover lanciare un ragazzino raccomandato, iper-presuntuoso e senza alcuna dote. Sono contenta di non dovermi fare un grosso mazzo. - Mi chiese se possedessi i diritti di video e immagini di successi precedenti e fossi libero da vincoli con produttori o altre case discografiche, piattaforme ecc. Mi propose una bozza di schema della campagna promozionale e la disponibilità a creare un cospicuo nuovo materiale fotografico e video. Lasciai i miei dati per il contratto che

comparve misteriosamente già compilato in bozza. Ovviamente mi feci inviare il file per farlo esaminare allo studio legale che aveva seguito i miei primi passi professionali prima di riconsegnarlo firmato.
Uscii un po' frastornato da quel grattacielo. Ero entrato prevedendo di dover alleggerire il mio conto in banca di un numero di dollari a sei cifre, e invece ne uscivo con una proposta senza dover scucire neanche un cent, subito. Probabilmente il fiuto di Michael Jefferson funzionava ancora bene, come diceva e, dopo i cinque anni di diritti vincolati, il *forziere* della Jefferson art Production sarebbe diventato più pieno. Ora dovevo concentrarmi sulla materia prima da proporre. Ne parlai prima con Betty, che fu molto entusiasta. Per la verità è una descrizione molto riduttiva ed eufemistica di quello che mi combinò! Quando mi ripresi le chiesi – Piccola, tu sola hai una forza dominante su di me, capace di farmi perdere il *self control* e di farmelo recuperare in tempo, prima che combini qualche guaio. Ti prego, tienimi d'occhio e, se dovessi smarrirmi con la testa fra le nuvole, su qualche cima dove l'ossigeno è rarefatto, afferrami per i piedi e riportami a terra. Non lasciarmi volare come un palloncino sfuggito dalle mani di un bambino, salire sempre più su fino a sgonfiarmi precipitando in un posto sconosciuto del Mondo, lontano da te. – Betty mi guardò intensamente e rispose – Ok Tami! Continuerò a tenerti sotto controllo e riacciufferò il cordino del palloncino in tempo, te lo giuro; ma per vincere la tua resistenza, senza lasciarmi trascinare o scrollare come fa un tossico a cui provi ad impedirgli di fare un *viaggio*, dobbiamo firmare un contratto. – La guardai perplesso senza aver capito cosa volesse dire. Non mi lasciò il tempo di costruire ipotesi proseguendo – Quello che mi hai appena detto può diventare il testo di una canzone, sei un grande artista in materia. Diventerà il nostro contratto. Va bene? – In un attimo aveva dissipato tutte le mie ipotesi farneticanti e, mentre le rispondevo sorridendo con un bacio, con la mente mi ritrovai già a lavoro.

**Il mio contratto d'amore.**
Piccola, tu sola hai una forza dominante su di me,
capace di farmi perdere il *self control*,
di farmelo recuperare in tempo,
prima che combini qualche guaio.
Ti prego, tienimi d'occhio,
tienimi d'occhio non troppo da vicino
e se volessi montare sulla cresta di un'onda
troppo alta per essere cavalcata,
toglimi il windsurf prima che entri in acqua.
Se pensassi di voler provare
la sensazione di tenere la testa fra le nuvole,
su qualche cima dove l'ossigeno è rarefatto,
placcami, placcami e impediscimelo.
Non lasciarmi volare come un palloncino
 sfuggito dalle mani di un bambino,
salire sempre più su, sempre più su
per raggiungere una meta che non c'è,
fino a sgonfiarmi e inquinare il Mondo
precipitando in un posto sconosciuto,
lontano da te, lontano da te, lontano da te. [stop music]
Non ho paura di morire.
Ho il terrore di tornare da dove son venuto,
non perché sono stato bravo,
ma per un angelo piovuto,
nel momento esatto
per strapparmi dall'inferno. [fine stop music]
Ora piccola, ci sei tu,
Che hai una forza dominante su di me,
capace di farmi perdere il *self control*,
di farmelo recuperare in tempo,
prima che combini qualche guaio.

Firmato il contratto, incontrai numerose volte miss Jane
Johnson e in un mese riuscimmo a finire il lavoro di
preparazione per l'inizio della campagna pubblicitaria. Per la
verità, dopo l'accoglienza riservata a un giovane nero,
puzzolente, presuntuoso, incolto, selvaggio, fatto di alcol e

crack, già poppato dalla mamma, nei rari momenti di lucidità, passò rapidamente a non vedere più il colore della mia pelle, a notare che il mio *look* era solo apparentemente *trasch* e che ci tenevo all'igiene personale e di ciò che indossavo. Seguì il fotografo durante le centinaia di scatti fatti in diversi posti e, quando notò che sotto la mia camicia non c'era un... *busto secco*, non indugiò a farmi delle avances esplicite. Presi il portatile sbattendole in faccia il selfie di un bacio ben riuscito col mio secondo angelo e con cattiveria e cinismo che non si dovrebbe mai usare con una donna le dissi – Lei è Betty. Se avessi bisogno potrei presentarti alcuni fra i miei migliori amici. - Pentitomi subito dopo, tentai di rimediare proseguendo - Loro sono ancora nella fase in cui non si rinuncia a un bel bocconcino come te: io ormai l'ho superata. Sono un vecchio che pensa già a metter su famiglia. – Arrossì, alzò le braccia e si ritrasse in buon ordine con un sorriso.
Giunse il giorno degli esami. Nella saletta del grattacielo, oltre a mister Jefferson, miss Johnson e a pochi stretti collaboratori, c'eravamo io e Betty. Partirono alcuni minispot introduttivi destinati alla radio, seguirono quelli per i social network. Iniziarono i trailer video musicali e, in conclusione, una sequenza di immagini copertina. Dopo qualche secondo di silenzio, il padrone di casa invitò miss Jane e presentare la campagna. Mentre scorrevano nuovamente le immagini e il suono a volume basso la ragazza in piedi accanto allo schermo e illuminata da un faretto, spiegò i dettagli e le finalità di ogni particolare, compresi gli obiettivi dei messaggi subliminali che, durante la visione, probabilmente non erano sfuggiti solo a me e Betty. Concluse col bilancino della campagna indicando il costo e l'obiettivo dei ricavi. Solo a quel punto mister Jefferson fece partire un applauso a cui ci unimmo tutti. Si avvicinò prima alla sua collaboratrice baciandola sulle guance e, solo dopo, si avvicinò al committente per chiedere cosa ne pensasse. Non potei che esprimere la mia gratitudine e condividere l'emozione e l'entusiasmo del mio Angelo due.
Seguimmo i suggerimenti per il lancio della campagna

promozionale. Ci parve un poco strano il periodo su cui era ricaduta la scelta. Quindici giorni dopo l'inizio della primavera (fu indicato proprio così) credevamo fosse poco favorevole. In effetti si dimostrò molto saggio: io con la band e i tecnici ci impegnammo H 24 a provare il singolo, l'album e alcuni pezzi forti del mio passato. La signora Cooper allestì gli uffici di segreteria dotandoli di personale e delle infrastrutture tecnologiche necessarie. Giunse il nostro d-day. Due giorni prima, dopo aver trascorso una notte d'amore, mi diede lo sfratto per quarantott'ore: aveva bisogno di concentrarsi sul lavoro. Io passai dagli studi vuoti: avevo messo anche io in libertà tutti. Bighellonai come se stessi percorrendo i luoghi del passato, non del mio avvenire. Tornai in albergo e, come terapia dell'ansia da attesa, mi stesi sul letto e iniziai ad ascoltare Lloid Banks, Taylor Swift, Drake, Lil Baby... Mi addormentai immaginando questi personaggi *zummati* uno ad uno, come in uno degli spot visti. Io comparivo all'ultimo diventando una gigantografia. Fra tanti stili così diversi... riconoscevo il mio e lo preferivo a tutti. So che si tratta di una sciocchezza ovvia. Non mi resi conto di quanto avessi dormito: fui svegliato, quasi con timore da Betty, che mi smosse leggermente il braccio. Prima di rendermi conto di come avesse fatto a entrare, sfilò le cuffie dalle orecchie e mi rimproverò per non aver risposto alle decine di telefonate fatte. Aveva pregato anche la reception di mandare un cameriere a bussare alla porta. – Probabilmente dorme, mi hanno ripetuto tre o quattro volte. Poi mi ha assalito una forte paura. Ho piantato tutti e preso un taxi; sono entrata nella hall, ho trovato un dottore e son salita in ascensore col cuore in gola. Sono molto arrabbiata con te! – Mi scusai con l'impaccio di un bambino che l'ha combinata grossa tacendo e indicando con lo sguardo le *colpevoli* che aveva appena posato accanto al letto. Mi abbracciò e mi diede un bacio tanto lungo da consigliare alla piccola folla che l'aveva accompagnata ad uscire con discrezione dalla stanza chiudendo la porta silenziosamente. – Sono venuta per dirti che, in meno di un'ora dall'inizio del lancio, siamo stati investiti da una tempesta di ordini e una valanga di chiamate da manager delle più grandi etichette discografiche. Vogliono tutti parlare con te di cessione di diritti, esclusiva e altro. Credo che sia necessario affidarsi a un esperto, per uscire indenni dalla vasca degli squali. – quasi banalmente chiesi come avessero risposto i social. Lei rispose che eravamo riusciti a mandarli in tilt. In pochissimo tempo milioni di visualizzazioni, poi si erano intasati per l'eccessivo traffico. – Hai avuto un'idea straordinaria. Ora ti cominceranno a chiamare anche le banche per anticiparti dollari e aprirti i loro forzieri. Ci vuole un Ceo in gamba e onesto. Sono arrivate un sacco di candidature anche per quel ruolo. – Ho già il nome del mio Ceo e anche quello di un paio di manager per il consiglio di amministrazione. Uno è il nostro direttore artistico, l'altro sarà il programmatore di Studio. Altri due li chiederò in prestito alla Jefferson Art. Michael Jefferson con pochi *tocchi* da maestro, aveva creato un altro successo della sua carriera. In pochi giorni avrebbe potuto recuperare il suo investimento e si era garantito cinque anni di guadagni. - Non hai paura che possa fare il furbo e approfittare della situazione? – domandò Betty, preoccupata di finire divorata da uno degli squali più grossi. – No, tesoro. Io manterrei il controllo della società e lui mi darebbe i due migliori elementi che abbia a disposizione: sarebbe suo interesse ottenere il massimo degli utili per vedersi corrispondere una quota più elevata prevista dal contratto. A parte il giudizio espresso dalla mia povera mamy per le avances distinte, ma oscene, di un maturo capo ancora carico di ormoni da far sfogare, il Michael respinto non ha reagito cacciando chi aveva osato mandarlo in bianco. Ha dato a Jenny la chance che le ha permesso di venirmi a recuperare in Etiopia. In fondo, posso considerarlo un mio secondo padre, anche se lui non accetterebbe mai questo ruolo. È un uomo d'affari... – Betty mi interruppe sottolineando – Già, è per questo che potrebbe insinuarsi per prendere il comando della tua *nave*. Ammeno che tu non limiti il loro mandato alla durata del contratto con la Jefferson art Production – Sorrisi, e fissandola in viso le dissi – Ecco, vedi che non ho sbagliato a scegliere il mio Ceo? – Lei spalancò gli occhi e tentando di defilarsi rispose – Cosa stai dicendo? No, io non ho mai fatto un cazzo del genere nella mia vita, ho lavorato sempre come volontaria senza percepire un cent, rimettendoci le spese personali di metro o di taxi; al massimo, con l'esperienza, sono riuscita a recuperare qualche rimborso spese. – Signorina Cooper – la interruppi – La prego accetti la mia proposta. Anche io credo di avere un buon fiuto! Prepari il suo contratto: lasci in bianco solo le righe dei compensi. In serata organizzi un appuntamento col mio Ceo, e non si allontani più per tanto tempo dal suo posto di comando. Torni, torni li. Io passerò per la firma per l'ora di colazione. – Mi prese per le guance, mi diede un bacio e fuggì per eseguire. – Mezz'ora di doccia, alternando la temperatura fra molto calda e freddissima, fu sufficiente a farmi prendere consapevolezza della situazione in cui mi ero andato a *ficcare* e a elaborare le prime mosse strategiche da compiere. Avevo provato un'ebrezza di quel tipo nel mio recente passato, ma con quelle dimensioni proprio no. Quando avevo il mio procuratore, potevo dedicarmi solo alle prove, preoccuparmi di essere puntuale, mettere qualche firma di tanto in tanto e godermi la vita. Il viaggio a Gambo aveva cambiato i miei obiettivi: usare il successo non in maniera esclusivamente egoistica, ma per lottare da una posizione influente per i diritti di cui non avevano goduto mio padre, mia madre, le mie sorelle e i milioni di persone ancora escluse dagli stessi. Per questo pensai a una fondazione intitolata a Jenny Jefferson. Si sarebbe occupata di rinforzare l'attività di tante organizzazioni umanitarie, di una campagna continua per l'attuazione concreta della Carta dei diritti dell'uomo. Ritenevo necessaria una lotta costante contro i predatori spregiudicati delle risorse naturali senza limiti ragionevoli, contrari a una equa distribuzione della ricchezza. Certamente un programma molto impegnativo che avrebbe richiesto la partecipazione di persone competenti e trasparenti. Pensai subito a inserire, anche se non fra i primi posti dell'organigramma, Aziz e Zita.

**Sole per tutti**

Ogni giorno che sorge il sole,
per la maggior parte della gente,
rinasce la speranza, rinasce la speranza.
Molti possono guardarsi allo specchio
 e dirsi: speriamo che continui così,
speriamo che continui così
o di andare a migliorare sempre di più, sempre di più.
Non sono solo *tycoon* miliardari,
classe media sulla cresta dell'onda,
con un bel conto in banca,
*manager* in carriera
contenti di vivere mille emozioni,
secondo l'andamento di finanza, titoli e azioni.
Anche per la classe media bassa,
che vive di lavoro,
ogni giorno che sorge il sole,
per la maggior parte della sua gente,
rinasce la speranza, di non scendere più giù
e di andare a migliorare sempre di più
o che riesca un bel colpo... [breve stop music]
Arrivo a una grossa minoranza:
mi accorgo che cambia l'aria.
Trovo una piazza sterminata
di gente assai precaria,
che ogni giorno che sorge il sole,
rinasce con la speranza,
di arrivare al tramonto respirando ancora l'aria.
Vive qualche emozione, ancora s'innamora,
si barcamena, si ribella, accetta carità
ed è felice a sera
che un altro giorno sia passato.
Vorrei fermarmi, ora...
Il resto lo conosco, pensavo!
Ma qualcosa mi dice di continuare,

stringere la mano a tutti,
abbracciare e chiedere scusa,
promettendo di fare il possibile
per risarcire chi è stato derubato
del diritto di vivere.
Lotterò perché per tutti
ogni giorno sorga il sole,
rinasca la speranza, cresca la speranza
e possano guardarsi allo specchio
e dirsi: speriamo che continui così,
ho voglia di lottare,
perché continui così.

Oggi sono quattro anni che la mia vita ha iniziato il nuovo corso. Con Betty ho avuto confronti anche molto accesi, ma la sento ancora di più quella del *mio contratto d'amore*. Ho diradato i concerti a tre o quattro l'anno perché organizzare e affrontare una tournée con tante tappe, oltre a essere sfiancante, fisicamente e psichicamente, mi distraeva da quella che ritenevo la mia *missione* principale. Già, perché ritengo la mia una vera missione umanitaria, non l'inseguimento vano di un ideale irraggiungibile. Avevo attirato in questa operazione anche Michael Jefferson in persona. Dopo averlo convertito all'antirazzismo, strappandolo da un razzismo recondito ancora vivissimo in lui e in tante persone solo apparentemente favorevoli all'uguaglianza, l'ho convinto della possibilità di agevolare la soluzione dei problemi della fame nel Mondo. Gli dissi un giorno – Non è vero che non si possa fare nulla per vincere importanti battaglie che partono dal degrado e dall'emarginazione delle periferie delle città, alla povertà di popolazioni intere, sfruttate e sottomesse in numerose regioni della Terra, per garantire l'arricchimento non di alcuni Stati, ma di multinazionali o lobby economico-finanziarie. Mi riferisco a quelle che disperdono solo il necessario per alimentare misuratamente i pesci pilota. Se qualcuno di essi diventa troppo grande, sono pronti a divorarlo per evitare che diventi pericoloso per i loro interessi. – La sua stima per me era aumentata esponenzialmente con i guadagni ottenuti dal nostro contratto che, per altro, si avviava alla scadenza. Per questo mi rispose con pacatezza. – Ho constatato che non sei un sognatore fallito, condannato a vedere i suoi sogni irrealizzati, ma questo è troppo grande e si scontrerebbe con i nemici più potenti del mondo. – Maggioranza come detenzione di ricchezza, ma minoranza numerica estremamente esigua della popolazione. – lo incalzai provocatoriamente. - Michael non perse la calma, come avrebbe fatto in altri tempi. Controllò la potenza della sua reazione e pazientemente replicò – Pretendi che con la tua piccola fondazione, ancorché milionaria, di poter cambiare il Mondo. immagini che possano vedersi gli effetti dei tuoi sforzi generosi in un oceano di egoismo così vasto. Bada bene, non sono solo le multinazionali, i magnati a osteggiare o, a volte, fingere di contribuire favorevolmente per la soluzione di certi problemi. C'è una gran parte della classe media che aspira a diventare milionaria e quelli più in basso lo sogna tentando la fortuna con le lotterie. L'egoismo non ha confini di classe. – Non riuscì a scoraggiarmi. Reagii dicendo – Vedi Michael Jefferson, la società è cambiata notevolmente in questi ultimi decenni, grazie al progresso, all'ottimismo derivante e per il più potente mezzo di comunicazione che resiste anche nell'era informatica: la canzone. Se tanti giovani, ma non solo, sono migliorati lo devono ai messaggi lanciati nella preistoria della canzone moderna, da Billie Holiday con *Strange Fruit (quando i neri venivano ancora linciati e appesi sugli alberi)* o Woody Guthrie in *All you fascism*. Durante e dopo tutte le guerre con le armi, civili e sociali si sono susseguiti artisti singoli, gruppi rock e di ogni genere di stile fino al rap che imperversa in questi ultimi decenni. Oltre a parlare di quanto sia bello l'amore, di quanto è bello il mondo, di rimpianti e nostalgie, di rabbia e frustrazione, di sogni, speranza e rinascita, hanno trattato di temi che riguardano ingiustizie, prepotenza, discriminazione, odio, egoismo, uguaglianza. I messaggi non avranno eliminato tutti i conflitti sociali, ma sicuramente hanno prodotto una sensibilità maggiore molto diffusa. – Bene, fenomeno! Volevi persuadermi con questo sermone? Ci sei riuscito: ti sei guadagnato sul campo questa capacità! – Accettò la presidenza della fondazione e di diventare fedele contribuente della stessa.

 Nonna Maggie all'inizio non aveva preso benissimo il consolidamento della mia relazione con Betty, scambiandola come una mia ricerca ancestrale di una madre perduta troppo precocemente. Io la convinsi che, non avendo avuto il tempo di rendermi conto dell'esistenza della mia madre naturale, avevo sofferto molto per la scomparsa della seconda che, comunque, aveva fatto in tempo a insegnarmi a camminare con le mie gambe. Dietro a Betty non si muoveva alcun fantasma. Stava diventando la persona più vicina, sempre presente nelle attività artistiche, organizzative e, soprattutto, appena queste cessavano di essere predominanti per lasciare spazio alla vita privata, intima. La *vecchietta* mi chiese se non fosse giunto il momento di farla diventare bisnonna, in tempo per conoscere il pronipote. La salutai sorridendo. Non avevamo mai pensato a diventare ufficialmente una famiglia e mettere in cantiere dei figli. Le parole di Maggie avevano aperto una nuova possibile via al futuro mio e della mia compagna. Presi dall'attività frenetica che ci vedeva coinvolti anche ventiquattro ore al giorno, il nostro orizzonte era abbastanza ampio per gli impegni da dover programmare, il controllo della complessa *macchina* che avevamo messo in piedi, la fase creativa, l'ascolto di chi ci circondava e dei destinatari dei nostri messaggi. Per noi riuscivamo a ritagliare solo qualche spezzone di tempo per una cena seguita da una notte intima di breve durata. Ci rendevamo conto che stavamo pagando un elevatissimo prezzo alla Company sacrificando la vita privata, ma confidavamo che ben presto saremmo riusciti a far camminare la *nostra creatura* da sola, senza la necessità di una presenza continua. Così, quando alla prima occasione opportuna parlai di quello che mi aveva chiesto Maggie, lei si avvicinò dimostrandosi più piccola di quanto non fosse realmente. io le chiesi – Questo che vuol dire: che sei interessata all'argomento? – Ne nacque una discussione non verbale fatta di baci e contatti fisici che coinvolsero i nostri corpi, indicando inequivocabilmente una sua risposta affermativa e una mia controreplica favorevole e l'argomento entrò autorevolmente nell'ordine del giorno di una delle settimane seguenti.

**Ok, amore mio: ok!**
Ok, amore mio: ok!
Il nostro amore è cresciuto abbastanza
per farlo crescere in un figlio.
Ok, amore mio: ok,
ma non vorremo farlo nascere
come un figlio del caso,
la soddisfazione di un capriccio,
il prodotto di un incidente, no?
Non sarà un bambolotto
o una graziosa bambolina,
un pupazzo ripieno
che piange, caga e piscia,
che quando ci avrà stufato,
potremo regalare o buttar via
nella spazzatura,
senza pensarci un secondo.
Ok, amore mio: ok!
Non voglio farti arrabbiare,
di questo son sicuro.
Penso anch'io come te,
proprio uguale a te.
una penultima cosa voglio dire.
Tu sai che non tutti i *cocktail*
riescono perfetti:
troppo amaro, dolce, frizzante,
come se mancasse qualche ingrediente,
importante o insignificante.
Se ci venisse offerto con amore e simpatia,

tu che faresti? Lo butteresti via?
Io lo berrei lo stesso,
non lo verserei nel cesso
né abbandonerei distrattamente
il bicchiere pieno sul tavolo,
come se non fosse mio.
Ok, amore mio: ok!
faresti così anche tu: ti credo.
Voglio dirti l'ultima cosa,
se t'interessa ancora.
Ok, amore mio: ok!
non ti arrabbiare.
Io mi fido di te,
ma fammi una concessione:
tu conosci il mio passato,
sai quello che mi è mancato!
Nella mia *tribù* accadeva spesso,
che la nascita di un bambino
coincidesse con la festa delle nozze
del padre e della madre:
posso chiederti una cosa
a te, che di me sai tutto? [stop music]
Piantiamo prima l'albero,
dopo festeggeremo il frutto,
quando arriverà, quando arriverà, [go]
quando arriverà, quando arriverà...
Ok, amore mio: ok: quando arriverà!

Non avrei immaginato che lo spazio in cui avevo iniziato la mia attività in così breve tempo sarebbe diventato insufficiente. Sebbene utilizzassi tutti i sistemi all'avanguardia per la gestione e il controllo dei vari settori operativi, riuscivo a gestire col personale guidato da Betty tutta la parte della comunicazione con una squadra di collaboratori stretti validissima. Anche la Direzione artistica aveva fatto passi da gigante con la guida di Jeff Brian. Era stato tecnico e collaboratore eccezionale del primo Tami Wonder. Poi, nella società, aveva scalato in pochi anni una carriera folgorante meritando la fiducia che si consolidava sempre di più perché amava il suo lavoro. Anche la fondazione con la presidenza di Michael Jefferson riusciva a raccogliere più fondi da destinare agli scopi statutari, di quelli che io e la Jefferson art Production potessimo destinare. Fra i vari impegni della mia agenda, molti sarebbero stati quelli richiesti da altre fondazioni e organizzazioni umanitarie per feste di ringraziamento. Per gli inviti a visitare centri o strutture dislocati in ogni angolo del Mondo costruiti, attrezzati o sviluppati grazie ai contributi della Jenny Jefferson Foundation, ove era richiesta la mia presenza, delegavo il l'addetto alle pubbliche relazioni della mia segreteria, un attore che non era riuscito a vivere del suo lavoro ma, dopo aver studiato bene il copione (gli scopi e i principi della fondazione), aveva dimostrato grandi doti di rappresentanza. Doveva restare in forza di J.J.F. ma il personaggio riuscì a scontrarsi con Michael Jefferson in persona che lo ritenne insolente e irriguardoso. Così Rudolph Stanford, gradualmente, diventò in poco tempo il mio poliedrico *Colin Powell*.

Una volta siamo andati a cenare con la mia ormai storica band alla Boathouse, un luogo perfetto per festeggiare l'anniversario del primo concerto insieme. Il locale fu scoperto dal batterista James Taylor Junior. Per quasi un anno ci aveva fatto credere di essere nipote del famoso cantautore. Poi, con l'arrivo del nostro successo, terminò di millantare tale parentela e confessò che non erano neppure lontani parenti. Per farsi perdonare ci portò per la prima volta alla Boathouse, posto molto facile da raggiungere. Mentre i *ragazzi* si erano invischiati in una discussione tecnica fra strumentisti, cercai il *maître*. Mi parve gentile e preoccupato perché temeva volessi sporgergli qualche reclamo. Quando gli dissi che si trattava solo di una richiesta di informazioni, si rilassò e mi invitò nel suo ufficietto per avere un po' di privacy. Gli ho parlato di una sobria e riservata cerimonia di matrimonio per una coppia di amici, seguita da un aperitivo lungo sul lago, da far *sfociare* in una cena elegante, non veloce, ma nemmeno eterna, con non più di centocinquanta o duecento invitati. Mi illustrò brevemente il programma di giornata e abbiamo esaminato ogni singolo dettaglio, trovando molto rapidamente un adattamento alle esigenze da me evidenziate. Ringraziai mister Arnold, promettendogli di indicargli entro due settimane la data e i nomi degli sposi da tener segreto.

Mi resi subito conto che avrei dovuto forse informare Betty prima di *lanciare il cavallo al galoppo*. Non potevo forzare la mano facendole sentire il fiato sul collo. Nulla di irrimediabile. Potevo inviare qualche migliaio di dollari per far tenere in sospeso il *book* organizzativo.

Qualche giorno dopo trovai Aziz seduto nell'anticamera davanti al mio ufficio. Ormai il suo inglese-americano si era affinato. Mi salutò e gli strinsi la mano. Lo invitai a entrare e lui si sentì consapevole di avere un'opportunità riservata a pochissimi autorizzati. Sedette e si guardò intorno osservando i dettagli della mia *nave spaziale* che vedeva per la prima volta. Ci eravamo incontrati e avevamo parlato sempre in altri posti. – Mi serve per agevolare la mia ispirazione, mi fa sentire come se scrutassi il Mondo dal cielo. Poi scendo a guardare da vicino quello che voglio osservare con maggiore attenzione o scoprire dettagli che da qui non potrei scorgere. – Sono passato solo per salutarti  - disse mentendo come un principiante, accennando ad alzarsi. – Ehi fratello, siediti per favore. C'è qualcosa che non va? – gli domandai mostrandomi preoccupato. Si sentì incoraggiato dal solito modo familiare con cui mi rivolgevo a lui e si aprì timidamente – No, è che penso avrai mille impegni, non credo che potrai soddisfare un desiderio mio di Zita. - Lo incoraggiai a proseguire con un cenno della mano – Aspetta un bambino e vorremmo sposarci. Faremo una piccola festa con pochi amici che abbiamo conosciuto nella fondazione e nella Company, qualche vicino di casa, te e Betty. Saremmo meno di una trentina di persone. Vorremmo che tu fossi il testimone. - Saltai dalla poltrona, lo abbracciai sollevandolo e gli dissi – Anche se avessi un appuntamento col presidente degli U.S.A., lo annullerei per fare il testimone di nozze al mio fratellino, a mia cognata e.... al bambino – aggiunsi toccandogli la pancia come se fosse lui a doverlo partorire. Sorrise e gli tornò buon umore ed entusiasmo che aveva smarrito immaginandomi su una diversa orbita terrestre. Mi disse che stava cercando un locale adatto, non eccessivamente *glamour* e discreto, per non attirare troppo l'attenzione di giornalisti e fans attratti dalla presenza del suo ospite più importante. Io non sono superstizioso, ma mi parve un segno del destino. Sì, insomma: l'evento che ti aiuta a prendere la decisione giusta per indirizzarti verso un futuro ancora migliore. Gli dissi di non preoccuparsi. Avevo un posto in pieno Central Park. Avrei provveduto io a tutto invitando oltre ai suoi ospiti un po' di amici e colleghi. Sarebbe stato il mio regalo di nozze, oltre a una probabile altra piccola sorpresa. Conclusi dicendo – Voi continuate a mantenere la massima discrezione e ditemi al più presto quando avrete intenzione di convolare... – Aziz cercò di schernirsi, poi mi rispose subito – Ok, non posso non fidarmi di te. Avevamo pensato fra un mese, prima che la pancia cominci a vedersi troppo. – Gli strinsi la mano e facendogli un like con la sinistra, lo congedai dicendogli sorridendo – Bene! Ora vai che ho un mondo di cose da fare. – Presi dalla mia cassaforte *de jour* una scatolina con l'anello più bello e che non poteva non piacere alla signorina Cooper. Aprii la custodia, lo guardai e *mi* confermai il giudizio positivo della scelta. Uscii per cercare il mio Ceo. Sapevo che era impegnato in una importante riunione di lavoro. Dissi a *miss* Susy Benson che avevo un urgente bisogno di parlare con la sua *capa*. Lei aveva ricevuto l'ordine di non disturbare per nessun motivo, ma era consapevole che la limitazione non poteva valere anche per Tami Wonder. Con una ditata apri la pagina della segreteria con alcuni tasti colorati e fece pressione su quello dorato (quello dedicato alle mie chiamate). Qualche istante dopo, comparve Betty. Chiesi alla signorina Benson di prendersi un caffè di non più di venti secondi e appena uscita dissi mostrandole l'anello – Ti ruberò solo dieci secondi.

Betty Cooper, vuoi sposarmi fra un mese esatto? – Si portò la mano al mento come per pensarci, mentre lo sguardo e l'espressione urlavano un sì deciso. Senza dire una parola mi tese la mano, le infilai l'anello e mentre fuggiva per tornare alla riunione, al ventesimo secondo esatto rientrò miss Susannah. La mia euforia la contagiò al punto da spingersi a chiedermi – Tutto bene, mister Tami Wonder? - Si signorina Benson – e, preso un lapis scrissi sul notes che era invitata al matrimonio di Betty Cooper previsto trenta giorni dopo. - Riceverà un invito regolare, signorina. – aggiunsi consegnandole il foglio staccato. Lo lesse, le si illuminò il volto e accennò un applauso mentre uscivo. Mi voltai per invitarla a non fare baccano per non disturbare la riunione e tornai nel mio ufficio. Mi sentivo felice. Chiamai mister Arnold precisando che andava tutto bene secondo gli accordi presi, però, il venticinque aprile, i matrimoni sarebbero stati due. Accompagnai la conferma con l'accredito istantaneo di un congruo acconto. Convocai il mio *Colin Powell* che, dopo un breve *briefing*, accettò con entusiasmo la delega ricevuta di occuparsi dei dettagli organizzativi dell'evento. Circa due ore dopo, mi chiamò Betty. Mi chiese se fossi libero. Aveva concluso brillantemente la riunione e aveva bisogno di parlarmi. Pregai la mia segretaria di sospendere la mia agenda per sessanta minuti e di lasciar passare direttamente il Ceo, quando sarebbe arrivato. Iniziai a tamburellare nervosamente le dita della mano sul piano della mia *piattaforma* di lavoro. Poi improvvisamente presi la penna e scrissi...

**Wedding**

Io, proprio io, matrimonio?
No, mille volte no: proprio no!
Fino all'altro ieri, proprio così la pensavo.
Un sogno puerile per la festa del *V-Day,*
un pericolo da cui tenersi ben lontani,
specialmente fino a una certa età.
Infatti io ho conosciuto te,
non c'è stato alcun problema:

abbiamo avuto, ci siam preso tutto
senza dover entrare in un sistema
che unisce per sempre, a tutti i costi
e solo un giudice può separare.
No, pensavo: tutta roba che fa cagare.
Per me è stato complicato vivere,
Tami Wonder è salvo solo per un miracolo,
non voglio alcun problema.
Io, proprio io, matrimonio?
No, mille volte no: proprio no!
Poi ho incontrato una vecchietta
che mi vuole proprio bene.
No, non ho perso per lei la testa,
cioè sì, cioè sì, cioè sì, cioè sì.
Proprio tu, terribile nonnina
con la tua dolcezza mi hai fregato,
sei stata la mia rovina. Ho detto fregato?
Sbagliato: volevo dire stregato.
Bis, bis, bis; bis, bis, bis,
volevi diventare nonna
bis, bis, bis; bis, bis, bis.
Mi ripetevo con minore convinzione:
io, proprio io, matrimonio?
No, mille volte no: proprio no!
Poi mi son detto, per lei lo devo fare:
lavorerò col **materiale** che ho.
Ho chiesto alla mia ragazza:
mi vuoi, mi vuoi, mi vuoi sposare?
Non mi ha risposto no, non mi ha risposto!
Ho pensato che mi dirà
Io, proprio io, matrimonio?
No, mille volte no: proprio no!
Invece è entrata nella mia stanza,
mi ha dato un lungo bacio...
che io ho ricambiato.
Una volta tutti i bambini pensavano
che con un bacio potesse nascere un figlio.

Chi sa quante bambine della mia età
a cinque anni avrei messo in cinta.
Per fortuna non è proprio così.
Ho scoperto con certezza
che un neonato è fortunato
se nasce da un atto d'amore
e il suo papà ci ha dato dentro.

Proprio mentre stavo riflettendo sull'opportunità dell'ultimo verso e mi apprestavo a modificarlo, sentii scattare la serratura e, poco dopo, vidi una farfalla librarsi nell'aria prima di posarsi lievemente sulle mie gambe. Mi ero preparato a fiondarmi all'ingresso per abbracciarla, ma rimasi paralizzato dai raggi di luce che lanciava e non feci in tempo a muovermi. Fui investito da un bacio pieno d'amore, voglio dire non erotico. Avevo anticipato i tempi con la canzone che avevo appena buttato giù, ma era facile prevedere l'esito della mia domanda. – Come mai così all'improvviso? Abbiamo riso insieme quando mi hai raccontato quello che ti aveva detto Maggie. Le sue parole avevano inserito anche nella mia mente un tarlo che, pensavo, avrebbe avuto bisogno di molto tempo per manifestare la sua presenza. Invece... – Invece in me ha trovato materiale molle e si è sbrigato prima. – la interruppi ridendo come uno sciocco per una sua battuta. Rise anche lei. Le parlai della casualità che aveva sconfinato in una rapida sequenza di circostante e dello spunto decisivo originato dalla visita inaspettata di Aziz e dalle sue motivazioni. Le parlai degli invitati e le chiesi di aggiungere quelli che desiderava, parenti o amici che fossero. Si preoccupò delle mille cose di cui avrebbe dovuto occuparsi in quel periodo di intenso lavoro. La rassicurai. – Cercati solo un vestito che non rischi di mandare a monte il matrimonio. Di tutto il resto ho incaricato il mio *Colin Powell* che avrà un orario ben delimitato per relazionare e sottoporci le scelte più personali. - Mi diede una granaiola di bacetti che volevano indicare l'approvazione di ogni singola frase che avevo appena detto. Improvvisamente si portò la mano alla testa accusando una forte emicrania. – Mi accompagneresti a casa? – chiese strizzandomi l'occhio. Preoccupato... non potei *esimermi* e accondiscesi.

Mancava solo una settimana al grande evento. In una assemblea generale indetta da Rudolph Stanford (*Colin Powell*), il Pr ringraziò tutti per aver raggiunto la generosa cifra di un milione e mezzo di dollari, previsti dagli invitati per i doni di nozze di Aziz e Zita alla fondazione J.J.F. che, a sua volta, li avrebbe girati a due organizzazioni no profit selezionate, operanti in Amazzonia. Una si occupava di cure mediche dispensate in zone lontane da qualunque presidio pubblico, l'altra di difesa dei diritti civili delle popolazioni della foresta. – Come sapete, i nostri amici conoscono bene quel circuito che cerca di indirizzare minuscole gocce d'acqua indispensabili sui luoghi aridi, dove non *piove* mai. Siamo tutti informati riguardo a quei posti dove, o la troppa acqua o la siccità, oppure ancora la conflittualità per spartirsi i territori da sfruttare, sono raggiungibili da pochi eroi che donano una parte o tutta la loro vita per dare sollievo e speranza, prestare soccorso e far sentire che nel Mondo non esistono solo belve ingorde e voraci. – Approfittai di una pausa un po' più lunga dell'oratore per inserirmi nel discorso che stava producendo i primi segnali di noia e di spreco del proprio tempo prezioso. Mi avvicinai al microfono dicendo – Grazie, signor Rudolph Stanford, è stato molto chiaro ed efficace. Amici vi prego, prestatemi un attimo di attenzione. Sapete che non sono portato a fare discorsi complicati e che riesco a esprimermi meglio col ritmo di una canzone. Ancora non ha una base musicale e ve ne risparmierò un pezzo. Signorina Cooper, può raggiungermi per favore. Ragazzi, ho studiato poco su che ritmo dare: dovrebbe fare pressappoco **così**

***Wedding***

Io, proprio io, matrimonio?

No, mille volte no: proprio no!

Fino all'altro ieri, proprio così pensavo.

Un sogno puerile per la festa del *V-Day,*

un pericolo da cui tenersi ben lontano,
specialmente fino a una certa età.
Infatti io ho conosciuto te,
non c'è stato alcun problema:
abbiamo avuto, ci siam preso tutto
senza dover entrare in un sistema
che unisce per sempre, a tutti i costi
e solo un giudice può separare.
No, pensavo: tutta roba che fa cagare.
Per me già è stato complicato vivere,
Tami Wonder è salvo solo per un miracolo,
non voglio alcun problema.
Io, proprio io, matrimonio?
No, mille volte no: proprio no!...

Presi per mano Betty e aggiunsi – E invece sì! – Partì un applauso molto entusiastico e prolungatissimo, che aumentò d'intensità quando ci baciammo. Poi con grande ironia partì un coro che ripeteva: Io, proprio, Io, proprio No, mille volte no: proprio no! Colin *Powell* riprese il microfono ed esordì guadagnandosi il primo applauso – Tami Wonder, lei sa come conquistarsi la scena! – Fece una pausa da professionista prima di riprendere – Avrete capito bene, gentili signore e signori, che Tami Wonder e lady Cooper convoleranno a nozze, unendosi nello stesso giorno e nello stesso luogo di: Aziz e Zita – aggiunse con enfasi, invitando la coppia a salire sulla pedana. Poi, salutando, concluse – Ah, dimenticavo: se non volete che una folla di fans della nostra Stella, di giornalisti o semplici curiosi metta a repentaglio i vostri aperitivi e la cena che seguiranno le cerimonie, acqua in bocca, non parlatene a nessuno. – Mentre dopo una risata collettiva la platea si svuotò rapidamente, e i futuri sposi si scambiavano auguri e abbracci, si avvicinarono due persone che Colin *Powell*, richiamando la nostra attenzione annunciò – Gentili sposi, perdonatemi di non aver chiesto la vostra autorizzazione preventivamente. Ho preso l'iniziativa di informare il signor Michal Jefferson e l'ambasciatore di Etiopia in USA del lieto duplice evento ed essi hanno chiesto di potersi congratulare con voi personalmente. – Mi dimostrai piacevolmente sorpreso, ma provai un forte imbarazzo. Rudolph Stanford lo notò e, prudentemente, si defilò. Ricevemmo tutti gli auguri, poi l'ambasciatore della nostra nazione si rivolse a me Aziz e Tzita in amarico – Oltre agli auguri, voglio aggiungere un ringraziamento particolare per le cospicue risorse che voi destinate alla regione Oromy, e in particolare a Shashamane e Gambo. Come saprete l'opera del governo è ostacolata da vere e proprie bande militarizzate di ribelli e banditi che rendono complicato realizzare il piano di sviluppo previsto. Molte risorse sono assorbite per contrastare tale guerriglia auto finanziata da razzie, rapine, rapimenti a scopo di riscatto e, soprattutto, da paesi stranieri interessati a mantenere la zona ingovernabile e sottosviluppata. Per far giungere i vostri contributi a destinazione realizzando, cisterne, pozzi    strade per collegare il territorio all'ospedale rurale di Gambo, abbiamo ripristinato una vecchia fortificazione in cui abbiamo insediato una guarnigione addetta a scortare le imprese. Come avete richiesto, posso rassicurarvi che non solo la manovalanza viene reclutata sul luogo. Grazie e ancora tanti auguri a questi figli dell'Etiopia da parte del nostro Presidente – concluse porgendomi in rotolo di pergamena in cui gli stessi erano vergati dalla più alta autorità del nostro Paese. Andato via l'ambasciatore, spiegai cosa avesse detto il diplomatico a Betty. Con noi c'era anche Michael Jefferson che, dopo aver ascoltato disse – Non è che abbiamo esagerato un tantino con le donazioni? Poi ho sentito tante belle parole: speriamo che almeno un decimo di quello che è stato detto corrisponda alla realtà. E poi - aggiunse ridendo, palesando la sua invidia - avrebbe dovuto ringraziare il presidente della fondazione J.J.F., piuttosto che dei soci sia pur generosi. Lo invitai ai matrimoni, scusandomi di non averlo fatto prima in considerazione del fatto che lui non amasse bagni di folla, ma piccoli assembramenti di suoi pari. Non si offese, disse che avevo visto giusto e declinò l'invito. - Come mio regalo, vi mando una squadretta di prim'ordine per le immancabili foto e la realizzazione di un film che, un domani, potrai sfruttare per una campagna pubblicitaria di qualche evento. Ovviamente tu resterai il proprietario di quello che produrranno – Ok, grazie, ma mettimelo per iscritto, per favore. – Gli risposi accentuando il carattere ironico di quanto avevo appena detto. Si allontanò ridendo aggiungendo come se stesse parlando fra sé – Sei cresciuto rispetto al Tami Wonder del primo contratto. Non so ancora se dovrei essere contento. -

Ovviamente il tempo volò fino al giorno fatidico. Anche se emozionantissimo perché quella volta uno dei protagonisti ero io, tutto si svolse come in uno dei milioni di matrimoni della classe media americana. Non ci furono cadute nella trivialità o scivoloni di stile, ma le fasi diverse si susseguirono impeccabilmente grazie alla giusta impostazione dell'organizzazione di Arnold e del mio *Colin Powell*. Da bravo maritino avevo preparato qualcosa di insolito, rispetto ai miei ritmi ad alle parole. Misi in libertà l'orchestrina che aveva accompagnato decorosamente tutte i momenti della cerimonia e dall'aperitivo alla cena, invitando la mia band, dispersa fra gli invitati, a prendere il suo posto. Avevamo fatto le prove solo per due giorni interi. Il risultato ci piacque e commosse i ragazzi. Avevo visto spesso sui loro volti sudore, ma mai una lacrima.

**Donna**
Donna oggi mi hai detto di Sì,
in maniera molto decisa sì,
convintamente sì.
Come tutte le donne in questo giorno,
speri di aver fatto la scelta giusta,
di non esserti sbagliata,
di non dovertene pentire,
di veder crescere l'amore,
si non dover mai soffrire.
Ti auguri che ad ogni tramonto,
segua un'alba dorata
e continui la voglia di vivere

accanto all'uomo che hai scelto,
anche quando salteranno fuori
i sui difetti che non avevi scorto.
Ti prego, non partire col presupposto
che, quando t'accorgessi d'aver sbagliato,
al più piccolo ostacolo  alla tua felicità
potrai girare il tavolo
per mandarmi a quel paese
senza pensarci su due volte,
con estrema facilità.
Donna,
proprio perché oggi mi hai detto di Sì,
in maniera molto decisa sì,
convintamente sì,
ti giuro che non ti farò soffrire,
piangere una sola volta per colpa mia,
di diventare il più grande ricercatore
della tua felicità, della tua felicità.
Ti dimostrerò quanto
possa crescere un amore,
 maturare con qualunque difficoltà,
superare anche con fatica
ogni incomprensione.
Soprattutto ti rispetterò,
ti rispetterò, ti rispetterò, ti rispetterò.
Se nascerà una divergenza, ti rispetterò
e non ti tratterò come se ti avessi comprato,
al mercato delle vacche,
come se fossi una cosa mia
da possedere, da domare
passando improvvisamente,
o molto lentamente
dall'amore al terrore.
Se la follia si impadronisse
del mio cervello
e volesse farmi distruggere
ciò che oggi è bello,

amore mio ti voglio aiutare.
Ascolta ora il tuo Tami vero,
perché in quel caso Donna,
non sarei più io,
ma un mostro che odierei.
Non   tollerare l'invadenza:
una tenue gelosia,
 fa parte dell'amore
dolo in una piccola dimensione.
Non aspettare cresca
e diventi un ossessione,
che giunga a minacciarti,
od osi percuoterti con le parole.
Alla prima volta che ti colpisca
da farti male, anche solo
con i petali di un fiore,
non ti intenerire
se ti chiedessi scusa
e usassi mille modi
per farmi perdonare.
Una  volta superata la soglia dell'inferno,
la seconda sarà un ceffone
e via crescendo.
Ti giuro, amore mio che finché resterò IO,
di me non dovrai avere mai paura
e mai ti getterò come un oggetto
che ormai non mi serve più
per il successo della seduzione
di qualche pollastrella in gamba
Se dovessi cambiare idea
non aspettare di sentirti dire
sia pure una sola volta
da quel mostro che oggi ami:
mia o di nessun altro.
Perché Betty oggi mi hai detto di Sì,
in maniera molto decisa sì,
convintamente sì e il tuo Tami

oggi ti ha detto di Sì,
in maniera molto decisa sì,
convintamente sì,
davanti a tanti testimoni SÌÌÌÌÌÌÌ.

Con Betty, dopo un lungo bacio applauditissimo, sperammo di concludere la festa con la classica fuga degli sposi che, nel nostro caso, si sarebbe concretizzata a bordo di una carrozza che ci avrebbe accompagnati fino alla *limousine*. Gli invitati impiegarono quasi un'ora per congratularsi uno per uno con me, per la canzone, e con gli altri sposi. Solo dopo riuscimmo a proseguire col programma...
Credo che nessuno abbia la morbosa curiosità di sapere cosa successe nei quattro giorni di confino che ci concedemmo nella suite del più noto Hotel di lusso di New York. Tuttavia, salvando la privacy riguardante la parte più intima, parlammo allungo nei pochi intervalli tra intimità e riposo, rifornimento di energie attraverso ricche e variegate colazioni. Uno degli argomenti su cui non avevamo mai parlato, riguardò le nostre differenze che in futuro avrebbero potuto interferire con la nostra felicità. Nei nostri rapporti, le avevamo superate con estrema naturalezza. Ciò non ci aveva portato a ignorarle o ad aggirarle per ritrovarcele sul nostro cammino successivamente come ostacoli ingigantiti. Richiamammo le analogie e le fasi salienti del film "*Indovina chi viene a cena*", compreso il discorso memorabile di Spencer Tracy, fatto a tutti i familiari, prima del matrimonio dei protagonisti. Le nostre vite, estremamente differenti fin dalle origini, si erano svolte parallelamente intersecandosi casualmente in numerosi punti. Il colore della pelle, le differenze sociali, i valori fondamentali per la convivenza, l'universalità dei diritti, la loro difesa e la lotta per reclamarli per noi e per quanti erano incapaci di farlo, la giustizia paritaria, il rispetto, la solidarietà, la libertà relativa (che è come il colesterolo *buono*) contro la libertà assoluta dei prepotenti, arroganti, egoisti (da contenere come il colesterolo *cattivo*), il rispetto reciproco di ogni essere umano, senza alcuna distinzione erano i punti in comune

inseriti nei nostri codici del DNA. Sulle altre differenze il dialogo ci avrebbe condotti a una sintesi costruttiva. Quando verso la fine della nostra luna di miele, affrontammo l'argomento riproduzione, Betty disse di non sapere se si sentisse pronta. Io annuii accettando la sua risposta, celando quasi perfettamente il mio disappunto. Lei colse il dettaglio e improvvisamente, da grande attrice mi *gridò* in segreto – Cavolo! Con l'euforia del matrimonio, ho... dimenticato di prendere la pillola. – Si portò la punta dell'indice in bocca come una bimbetta che avesse dimenticato di studiare. L'abbracciai, l'adagiai sul letto e la rassicurai con dolcezza – Coraggio, magari non è successo niente e questo splendido pancino non si gonfierà orribilmente. - Poi, accarezzandoglielo teneramente aggiunsi – e, anche se fosse successo, lo massaggerò così finché... non si sgonfierà. – Il bacio che ci siamo dati subito dopo ci fece capire quasi con certezza che quello che poteva succedere era successo. Infatti, passarono pochi giorni, prima che si manifestassero gli inequivocabili sintomi della gravidanza. La verifica diede, in segreto, esito positivo. Per qualche giorno tenemmo la notizia solo per noi. Poi, quando ricevemmo un invito a pranzo da parte di nonna Maggie, lo accettammo con l'idea di renderla partecipe prima di tutti gli altri. Lei per la verità, non so come, aveva ricevuto una soffiata. Si tradì dicendo per telefono che, per la sposa, avrebbe preparato qualcosa di adatto alle sue condizioni di... salute. Con quell'entusiasmo e con quella gioia enorme, all'improvviso se ne andò, senza fare in tempo a cucinarcelo.

Ne soffrimmo maledettamente anche perché, visti i rapporti che avevamo con la famiglia di Betty, dovuti in gran parte alle sue scelte di vita fatte fin da ragazzina spintesi addirittura al matrimonio con me, ricco artista in carriera, ma del *colore sbagliato*, non avevamo altri punti di riferimento familiari. Ci diede forza considerare che anche questo avvenimento doloroso, in qualche modo, ci avvicinava rendendoci più affini. Ci parve che gli eventi saldassero più tenacemente la nostra unione già solida e facilitassero pochi altri legami.

**Anime gemelle**
Che vuol dire anime gemelle?
Forse io e te siamo perfettamente uguali?
No! Fisicamente siamo molto diversi,
io uomo, tu donna e lo preferiamo,
ma potrebbe non essere così,
se ci piacesse non sarebbe così.
Religione, morale, educazione?
Abbiamo scelto liberamente!
Certo sì, ci siamo *abbinati*,
non è stato del tutto casuale,
su di una piattaforma solida,
fatta di grandi affinità,
abbiamo cominciato a costruire
con quello che avevamo.
Non tutti gli incastri
coincidevano perfettamente,
ma abbiamo lavorato in maniera seria.
basta solo questo a fare la felicità?
Le fondamenta ci sono,
abbiamo completato anche il primo piano,
senza fretta, non lasciandoci travolgere
dalla passione incontrollata
che ti trascina come un uragano,
ti strappa dalla terra con tutte le radici,
sconvolge il panorama
come un gigante infuriato
e ti abbandona in un cumulo di macerie.
Per questo ora possiamo continuare a edificare
mettendo in cantiere un figlio.
Come sarà? Chiaro, scuro di pelle
o di chi sa quale altra gradazione,
sei o sette cromosomi faranno la differenza.
A noi andrà bene così come verrà!
Non tollereremo nessuna discriminazione
di qualunque benpensante
che vorrà ancora coltivare

con primitiva ostinazione
l'erba infestante del suo campo
fiero della rigogliosa ignoranza.
Forse io e te siamo perfettamente uguali?
No! Fisicamente siamo molto diversi,
hoops, non hai mai fatto caso al mio colore?
Beh, neanch'io ho mai pensato
che tu fossi troppo pallida, amore mio!
Attenzione mia cara: non parlo
del primo incontro in un gran lettone,
né degli sguardi scandalizzati
di chi osservava con disgusto mal nascosto
il perverso incontro di una scimmia
con una perversa stangona bionda.
Io e te in questo siamo perfettamente uguali,
Anche in questo,
io e te siamo perfettamente uguali.
Te ne ho voluto parlare, amore mio,
perché tu possa essere sempre orgogliosa
della pancia che crescerà.
I più maligni penseranno che aspetti
un bel bastardo e rideranno con disprezzo
perché un nero è il tuo padrone,
pagando il tuo prezzo
grazie ai soldi guadagnati
con qualche stupida canzone.
Tu sola conosci la verità,
tu sola sai da dove arriva Tami Wonder.
Per questo la tua certezza sarà più forte
e non potrai mai dimenticare perché
io e te siamo perfettamente uguali,
perfettamente uguali,
siamo perfettamente uguali.

Naturalmente trapelò la notizia delle nozze e molti giornali hanno riportato qualche dettaglio dell'evento con brevi articoli sobri e privi di commenti. Quelli specializzati in cronaca rosa e pettegolezzo si sono sbizzarriti a riempire pagine di approfondimenti, retroscena presunti, romanzati o nel migliore dei casi, dedotti mettendo insieme informazioni acquisite nei mesi e negli anni precedenti. Qualcuno aveva corredato pagine intere di foto non professionali, molto elaborate per renderle pubblicabili, probabilmente prelevate dai social su cui alcuni invitati non avevano resistito a *postarle*. Nessuna cosa meritevole di essere perseguita legalmente. Quando si è personaggi pubblici, non si può pretendere la segretezza o il rigoroso rispetto della *privacy*. Centinaia di migliaia i messaggi di auguri e congratulazioni di fans, conoscenti, fornitori, produttori, qualche politico e sconosciuti. Non mancarono alcune migliaia di denigratori seriali, razzisti, rancorosi e odiatori professionisti dei neri arricchiti, in particolare, e di chi, (letteralmente) venendo dall'estero, è arrivato a pascolare nelle praterie *Yanchee*, a ingozzarsi di erba e a *fottere le vacche degli oriundi*. Non erano certo questi i messaggi che mi scalfivano particolarmente: una discreta quantità, mi era stata indirizzata anche in passato. Anche da bambino avevo dovuto superare qualche piccolo trauma verbale prodotto da pochi coetanei, figli di educatori che trasmettevano ai figli il loro modo di pensare. Presi in seria considerazione, invece, le minacce rivolte a me, a Betty, alla bambina che ancora doveva nascere, alla mia attività e ai collaboratori più importanti. Perfino *Colin Powell* ebbe la sua porzione. Affidai quelle che mi apparvero più serie ai legali perché scegliessero quali inoltrare agli investigatori. Rudolph Stanford si occupò di distribuire adeguatamente i *ragazzi* della ELOS, piccola società creata appositamente per un leggero servizio d'ordine durante gli eventi. Tutti avevano una divisa adatta a incutere rispetto, ma pochi erano armati.

Feci appena in tempo a conoscere Michael, il neonato di Zita e Aziz, prima di partire per due giorni di concerto a Las Vegas. Era la prima volta che, da quando l'avevo conosciuta, Betty non era con me. Provai un disagio che vinsi solo con l'adrenalina prodotta poco prima di salire sul palco. Doveva esserci solo una data ma, essendo andata *sold out* in pochi minuti, gli organizzatori tentarono di impormene altre due. Io, consultatomi con la band, ne concessi solo una in più. Mi esibii presentando i cavalli di battaglia collaudati, caricando i fans che rispondevano puntualmente quando li chiamavo a *collaborare* rivolgendo loro il microfono. Successivamente inserii qualche pezzo del nuovo corso. Prima *Young, young*. Tutti capirono che quella canzone era uno dei pezzi importanti, perché la cantai quasi da fermo, con un trasporto che rischiò di auto commuovermi goffamente riuscendo, allo stesso tempo, a farmi tirare fuori toni da Freddie Mercury (che autostima!). Alla fine, si scatenò un'apoteosi che durò parecchi minuti. Conclusi intervallando un *vecchio* pezzo apprezzato con uno dei nuovi brani. Finito il concerto, firmai diverse decine di autografi anche sulle custodie dell'ultimo album, ma anche dei precedenti. Oltre al successo dal vivo, la macchina che avevo messo in piedi, cominciò a produrre effetti superiori alle previsioni. Prima ti tornare a New York un jet privato mi portò da Las Vegas a Los Angeles per firmare un grandioso accordo con la L.A. Universal Records. Il contratto, già predisposto e approvato dal mio C.d.A., prevedeva l'accettazione dell'affidamento della pubblicazione e la distribuzione della mia musica in tutto il mondo. All'arrivo una limousine era ad arrendermi all'aeroporto, per accompagnarmi all'hotel dove sarebbe rimasta a mia disposizione anche durante le mie poche di sonno, interamente utilizzate per dormire profondamente e ricaricarmi di energie.

Poco prima delle dodici, depositato davanti al grattacielo della L.A. Universal R., fui preso in consegna da uno *steward* che, varcato l'ingresso, mi affidò all'hostess alla quale tutti sognerebbero di essere affidati. Gli addetti sembravano conoscermi ma ciò non mi gratificava, come quando mi muovevo negli ambiti della mia Company, mi infastidiva per la sensazione che possedessero un riconoscitore facciale. Con un velocissimo ascensore salimmo fin quasi alla sommità della torre e, dopo alcuni passi ci venne incontro una specie di Michael Jefferson in formato leggermente meno

imponente. Congedando la mia accompagnatrice il signor Foreman mi salutò calorosamente e mi guidò nel suo studio con vista panoramica fantastica sull'oceano e su Hollywood. In un colloquio cordiale, mi ringraziò per la fiducia riposta nella L.A. Universal e che al contratto pronto per la firma, esaminato dal mio ufficio legale prima di essere restituito, non era stata apportata alcuna modifica. Anche se i miei avvocati lo avevano spulciato fin nei minimi dettagli prima di rassicurarmi della correttezza e convenienza dei termini, ricambiai per la proposta e mentii spudoratamente affermando che l'ottima fama conquistata da L. A. U. R. era stata sufficiente da sola a convincermi della sua validità. Chiesi di poter firmare il contratto. Il mio interlocutore con un impercettibile movimento della mano sul piano della grande scrivania di cristallo, che ricordava la schiuma di un'onda (sogno da surfista), fece entrare la sua segretaria e con un uomo dall'aspetto... legale. Aprì davanti a me il dossier che aveva portato e mi chiese – Non ha un testimone di sua fiducia? Noi preferiremmo... – Lo interruppi – No, il mio Ceo ha un impegno che non può lasciare, per ora, ma ho pensato alla hostess che mi ha accompagnato – dissi volgendo lo sguardo a Foreman – Conosce la signora Duncan, signor Tami Wonder? – mi domandò. – No ma, in un certo senso, mi ha colpito - replicai maliziosamente – Per la verità colpisce tutti, signor Jefferson – aggiunse sorridendo mentre con un altro gesto sulla scrivania inviò a qualcuno la mia richiesta. Nei pochi secondi di attesa il *capo* mi suggerì che avrei potuto consumare un'ottima colazione al ristorante dell'penultimo piano. Gli risposi che avevo intenzione di prendere il primo aereo per New York. Così, non appena perfezionammo il contratto, Foreman mi salutò e pregò la signora Duncan di accompagnarmi all'elicottero pronto di sopra. Prendemmo l'ascensore, mi guardò mentre salivamo e mi chiese un autografo. Fu contenta della *modalità* bacio. Sorrise salutandomi con la mano mentre mi imbarcavo sul velivolo: era proprio quello che mi aveva chiesto!
Colsi subito gli effetti del contratto appena firmato. La mia

musica passava in aereo, nel taxi che mi accompagnò a casa, e ovviamente era diffusa in ogni stanza del nido. Era una bella sensazione. Almeno con le canzoni, avevo spezzato ogni confine. Betty mi accolse come se non mi vedesse da un mese muovendosi col suo inseparabile pancione. Le chiesi come stessero lei e la bambina l'ascoltai e le coccolai. Poi, fu lei a chiedermi come fosse andata la mia trasferta. Le risposi con l'entusiasmo di un bambino descrivendo dettagli e sensazioni fino a farla addormentare con un sorriso. Me ne accorsi poco dopo. Mi alzai e iniziai a scrivere senza un progetto, per rispondere a uno stimolo incontenibile e improcrastinabile.

**Ricordati**
Non dimenticare Tami Wonder:
eri predestinato a morire,
cadere come una foglia,
senza esserti tolto nessuna voglia.
Non vuoi credere che tu debba tutto
a un angelo caduto dal cielo,
che quando è partito da dove ora ti trovi,
ignorava anche che tu esistessi.
Eri uno delle tante migliaia
o milioni senza nome,
senza alcuna identità.
se tu fossi morto,
come ti stava per capitare,
nessuno se ne sarebbe accorto
e mai ti sarebbe venuto a cercare.
Sai quando capita a qualcun altro
d'incontrare un altro angelo così?
Sai quanti non arrivano sulla Terra,
quanti la lasciano appena l'hanno toccata,
nella grande indifferenza generale?
A migliaia non sono neppure registrati.
Gli angeli son sempre pochi,
troppo pochi per tutte le necessità.
Tu, Tami Wonder,
sei la storia di un salvato,

non per far la fame
come un sopravvissuto
che deve essere felice solo di vivere.
Tu sei molto fortunato,
la tua voce gira per il Mondo,
hai sganciato un po' del tuo bottino
e ritieni di aver pagato il tuo debito.
Ti sei ritirato dalla guerra
che avevi promesso di sostenere,
come tutti, ti dici con convinzione:
non posso salvare io, da solo, il Mondo!
Meglio pagare qualcuno che lo faccia per me!
Anche tu, che eri predestinato a morire,
cadere come una foglia,
senza esserti tolto nessuna voglia,
ti sei ritirato in un confine,
geloso del tuo successo,
hai messo in sicurezza il lavoro,
la famiglia, moglie, figlia e la coscienza
e ti sei ritirato dalla guerra
che avevi promesso di sostenere.
Hai ancora un'occasione.
Vuoi diventare uomo dell'anno?
Hai questa ambizione?
Comprati un razzo,
fatti qualche giro intorno alla Terra
e non rompere più il cazzo
con la tua Umanità a singhiozzo.
Saluta da lassù con la manina
e lascia morire in pace ognuno,
senza far nutrire la speranza
che un altro angelo possa cadere dal cielo,
senza sapere dove si trovi,
ignorando addirittura che tu esisti.
Mi sono autoflagellato. In realtà lasciandomi coinvolgere dal
successo, dalla mia personale felicità, ho creato la fondazione
e, contribuendo cospicuamente a sostenerla, gradualmente

mi sono disinteressato della battaglia come se il Mondo possa essere salvato con una serie mirata di azioni precise. In attesa della nascita della bambina di Betty e mia, in un ambiente confortevole e protetto, ho ripensato a quella che a New York molti ritengono preistoria. A tale periodo si può datare l'ambiente in cui sono nati e vissuti mia madre, mio padre, la mia sorella maggiore, la mia gemella che, l'angelo che ha salvato me, non è riuscito ad afferrare. Non immaginavo di averli tutti con me nella Grande Mela, ma avvertivo l'ingiustizia da loro subita non vedendosi riconosciuto il diritto di vivere. Quando vennero a chiedermi quale nome avessimo scelto per la neonata, fui riportato all'attualità. Con la madre della bambina, ridotte a tre le opzioni illimitate, come prima avevamo concordato Jasmine. Oltre a essere bellissimo, in quel nome avremmo trovato traccia di Jenny, mia mamma adottiva e angelo, Aminah, mia madre naturale, e Minnie, madre di Betty e unica persona della sua famiglia che le era rimasta vicino sempre, fino alla sua prematura scomparsa. Bella, bellissima! Accanto alla sua mammina appariva... la sua gemella più piccola, appena un po' abbronzata.

Una settimana dopo, mentre il contatore delle mie *royalities*, visualizzabile grazie a una *app* fornitami dalla L.A. Universal R., era in continua e rapida progressione in tempo reale, decisi di tornare in attivamente in "guerra". Con *Ricordati* avevo già preso di mira l'uomo più ricco del Mondo, un genio poliedrico che spesso appariva un pazzoide incapace di fermarsi un attimo per risolvere i problemi umanitari che pure conosceva. Anche i suoi vicini impegnavano ingenti fortune per gli ultimi, vicini e lontani, anche se qualcuno riusciva inesorabilmente a guadagnarci come il re Mida. Mi chiesi perché allora esistono sacche, anche di dimensioni enormi, nei paesi remoti ben noti, nelle periferie delle metropoli sfavillanti o accanto a noi, ma non troppo vicino, (per la distanza di sicurezza che imponiamo per non ferire o offendere sensibilità e coscienze)? Avevo poco tempo per studiare, ma non volevo delegare nessuno a farlo. Chiamai

*Colin Powell* chiedendogli di cercarmi la persona giusta per raggiungere il primo obiettivo. L'intelligenza e le capacità del mio Pr produssero effetti quasi immediati. Un docente della *Columbia University*, Hector Sullivan accettò l'invito e tre giorni dopo giunse con una borsa. Si congratulò per il mio ufficio e per il successo che stava ottenendo la mia musica. Lui confessò di non amarla troppo essendo amante della musica classica, ma qualche studente aveva colto in alcune canzoni alcuni argomenti oggetto degli studi svolti e in fase di approfondimento. Poi molto concretamente suggerì di spostarci sul tavolo più ampio della mia scrivania. Un po' preoccupato gli dissi che non desideravo rubare molto tempo ai suoi allievi e alla ricerca. Il prof intuì l'ambivalenza della mia cortese apprensione, tirò fuori dalla borsa alcuni grafici descrivendoli sinteticamente e soffermandosi su uno, iniziò la sua *lezione*.

Sbocconcellando informazioni e statistiche, elaborando i dati secondo metodiche logiche, attente osservatrici ma non schiave delle regole matematiche, non ho voluto costruire un altro grafico fedele servitore della scienza, bensì capace di *parlare* ai cervelli e ai sentimenti in formazione. Nel mio immaginario la Società nel mondo è composta e posizionata secondo il disegno riportato. Le turbolenze e le *scaramucce* più frequenti avvengono nelle categorie intermedie; le guerre traggono origine da quelle superiori. In quelle più in basso troviamo l'emergenza, spesso non in grado di alcuna azione idonea all'emersione, alla salvezza. Ho voluto semplificare forse oltre il consentito, ma il mio scopo con gli allievi è di togliere ogni dubbio e ogni possibilità di interpretazione arbitraria. C'è chi investe nella contro informazione e ha smesso o diminuito il sostegno alla nostra attività, quando ha scoperto dove stessimo andando a finire. Io non percepisco compensi extra per tenere lezioni straordinarie, chiamiamole così, come questa a cui mi ha gentilmente invitato. Osservo con sorpresa che non mi guarda considerandomi un pazzo visionario, perciò, prima di chiedere contributi per il proseguimento dei nostri studi, proseguo. Deciderà dopo se salutarmi freddamente come certi *tycoon* delusi o gratificarmi della sua amicizia.

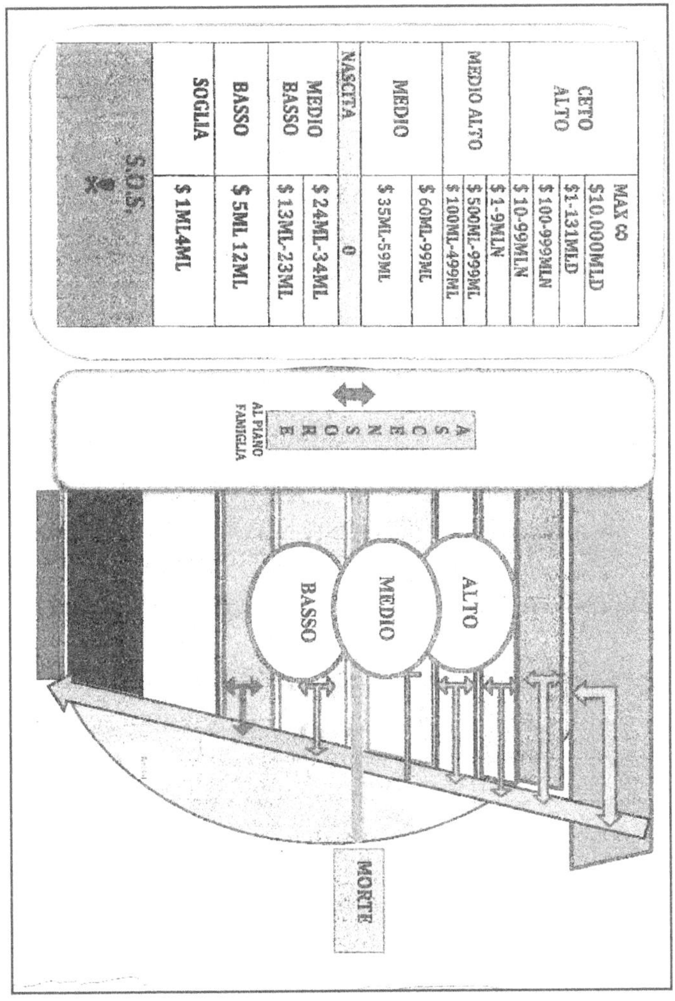


È necessario porre un tetto alla ricchezza raggiunto il quale, l'ulteriore deve tracimare direttamente seguendo la legge di gravità e, come un pistone idraulico, deve sollevare gradualmente la condizione di benessere di tutti gli altri strati mettendoli in condizione di contribuire, a loro volta, alla crescita dell'Umanità intera. Quante utopie apparivano tali prima che la storia, la ricerca, la tendenza e l'ambizione le realizzassero? Oggi molte di esse sono acquisite da tutti e nessuno pensa che, originariamente, erano considerate sogni di pazzi, spesso derisi o annientati perché la loro follia incuteva addirittura terrore. Ecco perché insisto che è necessario **tendere** e lottare per la realizzazione di un simile progetto di società ispirata a valori indiscutibili, da difendere maggiormente se qualcuno li considera irraggiungibili e irrealizzabili. Le spiego brevemente il grafico. Generalmente alla nascita un ascensore virtuale conduce il nuovo membro, dopo un periodo più o meno travagliato di gestazione, al piano socioeconomico di appartenenza della famiglia. Per la verità le differenze iniziano prima, già dalla fecondazione; non è un caso se l'incidenza di problematiche e complicazioni è maggiore dove minori sono le possibilità di prevenzione, cura, diagnostica, assistenza medica, igiene, alimentazione e istruzione. Ho voluto aggiungere istruzione all'elenco precedente per sottolineare che l'evento più antico del mondo, pur apparendo il momento più naturale e fondamentale per la prosecuzione della vita sul pianeta, ha bisogno di superare la fase istintiva per avvenire con la consapevolezza e la responsabilità necessarie che solo una adeguata istruzione possono fornire (per evitare la sorte che talvolta colpisce certe isole soffocate da una smisurata sovrappopolazione di topi o conigli in cui i deboli soccombono prima, ma alla stessa sorte sono destinati i più resistenti che concludono la loro esistenza in una apoteosi orribile di trionfo dell'egoismo sfociante nel cannibalismo). Tornando alla nascita dell'individuo, superando le dispute circa l'individuazione del momento esatto in cui scaturiscono i suoi diritti, anche quando l'evento avviene lontanissimo da noi, dove non viene neppure registrato, lo stesso non deve essere ignorato. Il progresso della tecnologia, la semplificazione offerta dalla rete delle comunicazioni consentirebbe, solo con la presenza della volontà, il rilevamento dei dati necessari per permettere alla Società di intervenire adeguatamente a sostegno del soddisfacimento dei diritti fondamentali di ognuno. Ciò che ha reso finora irrealizzabile questo traguardo alla portata del Mondo *evoluto* e il convogliamento delle enormi capacità tecnologiche verso obiettivi commercialmente più convenienti a una parte, utili ad aumentare istantaneamente (rispetto alla percezione delle varie epoche storiche) potere e ricchezza personali o di gruppo, capaci di allontanare sempre di più l'uomo dall'idea di Società Universale solidale, convincendolo della ineluttabilità della selezione naturale che esclude, emargina ed elimina le <u>scorie</u>: vale a dire le donne, gli uomini, i bambini, oltre *naturalmente* i vecchi, incapaci di reclamare e difendere il proprio diritto alla vita, costruire da soli la propria dignità, non in grado di costruire autonomamente una barriera che li protegga dalle scorribande di predatori bulimici, peggiori di quelli spinti da condizione di necessità simile alla loro. Siamo in moltissimi a pensare questo, anche se alcuni sentono di dover sostenere libertà, solidarietà, giustizia con l'autorevolezza di un'entità superiore, una o più divinità, l'elevazione di questi principi sacri a legge suprema indiscutibile, non di rado inquinata da elementi che, apertamente o subdolamente, introducono privilegi, subordinazioni, limitazioni, diritti *superiori.* Ho rivisto aggiornandoli, i confini delle classi economiche per uscire dalla genericità equivoca che comprende spesso in un solo scalone quelli che sono collocati fra i ricchi e i poveri. Ho indicato anche, con dei vettori, i possibili movimenti di verso la crescita o il calo. Infine, sulla destra un canale di tracimazione in cui far confluire al pistone blu, posto alla base, la parte contributiva sulla ricchezza e del progresso delle categorie fino alla medio-bassa. Sa perché l'uomo più ricco degli U.S.A., sì, proprio l'uomo dell'anno di TIME ha potuto raggiungere rapidamente il livello in cui si trova nella scala economica e sociale legalmente? Anche grazie al fatto che, utilizzando le leggi correnti, può pagare tasse solo del tre per cento. Come lui, e anche meglio di lui, i *colleghi* vicini di categoria. Ma questo sarà l'argomento della prossima lezione dottor Jeffeson, qualora fosse interessato. – Ok prof, grazie. Alla prossima, appena avrà un po' di tempo. Le lascio la mia e-mail personale così potrà contattarmi direttamente e inviarmi riservatamente il conto su cui accreditare una prima donazione. – Lo congedai accompagnandolo alla porta, tenendo in mano il grafico che mi aveva colpito maggiormente e nella mente le sue spiegazioni. Approssimativamente, conoscevo già tutto ma, schematizzato in quel modo, sarebbe stato più facile memorizzare saldamente e ordinatamente ogni cosa, come una canzone. Considerai questa *nuova attività* Una missione troppo coinvolgente e mi resi conto del rischio paragonabile ad assumere, in un sol colpo, una intera scatola di un medicinale (il MALCOM X), destinato alla terapia per un mese, rischiando gli stessi esiti mortali del politico da cui ho ricavato il nome. Calma. Dovevo staccare e riorganizzarmi. Per agevolare l'operazione del mio *server*, decisi di tornare subito a casa.

Jasmine aveva pochi giorni, ma la vedevo già più cresciuta di quanto non lo fosse veramente. Mentre Betty si accertava dell'affidabilità e dolcezza delle due babysitter che si sarebbero occupate a turno della bambina, fece modificare temporaneamente un ufficio accanto al suo in *nursery* completa di ogni accessorio e conforto per la piccola e la sua assistente. Non voleva rinunciare all'allattamento naturale e aveva una gran voglia di tornare a svolgere il suo ruolo importante nella company che, anche nei giorni critici, non aveva mai abbandonato completamente. Presi a parlare dell'incontro che avevo avuto con il prof della *Columbia* con molta prudenza e dilatando l'argomento base, fino a farla cadere in alcuni colpi di sonno dai quali si riprendeva repentinamente con molta generosità. Non fu abbastanza smarrita. Capì, mi abbracciò fortemente e disse – Lo sai che condivido pienamente le tue idee sui diritti e sulla solidarietà, ma promettimi due cose: non scendere in politica e non commettere gli stessi errori di Malcom X. Io e Jasmine non vogliamo che tu faccia la sua stessa fine. – Le risposi con un lungo bacio e quasi stritolandola fra le mie braccia. Sentii che il nostro amore aveva fatto un altro grosso passo in avanti.

Temevo che, giunti nella posizione in cui eravamo, avendo ricevuto il dono di una figlia, potesse subire il fascino di edificare gelosamente una barriera protettiva capace di isolarci da persone e buoni principi, cadendo nel comune egoismo istintivo di chi ha poco o tanto.

## Rabbia e Rancore

Aspettate, non mettetevi a fischiare.
Per favore, non urlate contro un titolo.
Stop! Ok, ricominciamo! [stop music]
Canzone senza titolo!
Voglio parlarvi di qualcosa che non conosco,
o che perlomeno non ricordo più.
Sapete quasi tutto di me,
di quanto sia stato fortunato:
vi ripeto che ero destinato a morire,
poco dopo esser nato
se un angelo venuto dal cielo
non mi avesse portato in paradiso.
Sì gli USA per me sono un paradiso.
Fossi sopravvissuto dov'ero nato,
avrei potuto gioire per essere sopravvissuto
o maledire l'istinto di sopravvivenza
che mi rubava la forza di morire,
se solo avessi avuto scienza e coscienza.
Tami Wonder, che cazzo vuoi dire?
Dai, chiedetemi: Tami che cazzo vuoi dire?
Io adoro tutti i miei fans,
da cui di solito riesco a farmi capire,
siete senza scuola, con o senza un lavoro,
qualcuno all'università o fa parte di una gang,
ma nessuno è un pivello
altrimenti non starebbe qui ad ascoltare me.
Scienza e coscienza...
Aspettate, non rimettetevi a fischiare.
Per favore, non urlate contro un titolo.
Vi posso spiegare?
Per avere scienza non bisogna essere scienziato,

è sufficiente conoscere la vita,
capire quello che si vuole,
come gira il Mondo
e come noi lo vorremmo far girare,
senza cercare guai e non dimenticando mai
che da soli o con la nostra banda,
armati di qualche arma, una dose,
solo con rabbia e rancore, odio rabbia e rancore,
invidia, odio rabbia e rancore
non riusciremo a ottenere quello che ci hanno rubato.
Alt! Fermatevi un momento per favore.
Provate a capire quello che volete,
come gira il mondo
e come voi lo vorreste far girare.
Sognatevi anche la luna
o di scorrazzare nello spazio,
ma nessuno vi regalerà niente,
provatela a rubare fuori legge,
ma nessuno ve la regalerà.
Prendetevi la testa fra le mani.
Pensate: anche il più pessimista ha un cervellino!
Se avete fretta  e partite da zero,
non contate sulla fortuna
cercate il vostro filone d'oro,
e continuate a lavorare per individuarlo
e, quando lo avrete trovato,
pagate te la licenza perché il Mondo
e dell'umanità e nessuno nutra per voi
rabbia e rancore, odio, invidia, rabbia e rancore.
La coscienza è quella che vi aiuta a capire
dove potete arrivare. Non è un freno,
vi aiuta a dosare l'ambizione,
come non sprecare la vostra potenza
e quando è il momento di dare gas al motore.
Quasi tutta l'umanità,
va avanti da sempre così!
Ogni tanto si presenta qualche sbruffone

che cerca di accaparrare tutto l'oro:
Ne abbiamo visti crepare tiranni, re e regine
finire all'atro mondo lasciando tutto qua.
Andiamo fannulloni,
 la marcia continua inevitabile:
smettetela di lamentarvi
Il Mondo non è di chi riesce a divorarlo,
andiamo a migliorare.
Ognuno faccia la sua parte
per quello che gli compete.
Non lasciamo nessuno in dietro,
dosiamo l'egoismo,
ammazziamo rabbia e rancore
andremo a migliorare, andremo a migliorare.
Aspettate, non mettetevi a fischiare.
Per favore, non urlate contro un titolo.
Stop! Ok, non è la solita canzone,
troppa carne sul *barbecue*,
ho sbagliato a dosare?
Avete ragione! Avete ragione!
Un bisonte per ognuno
in una volta è stato troppo?
Sarò felice se pezzo dopo pezzo,
riuscirò a farvelo mangiare tutto
perché Tami Wonder vi vuole bene.

Presumo che questo pezzo di svolta arriverà a una piccola parte dei destinatari. Pazienza! Ho intenzione di gettare i primi semi di un nuovo corso. Suggerirò di lanciare una prima edizione limitata.
Il mio Ceo con la sua anima gemella, che non ero più solo io, dopo i lavori di riadattamento dell'ufficio, era tornata al timone della nave. Mi convocò subito per farmi visitare la sistemazione e permettermi di assistere alla prima poppata in quella nuova *location*. Uno spettacolo emozionante Betty e vedere le pieghe della pelle di Jasmine cominciare a riempirsi. La badante, dopo l'*operazione*, prese in custodia la bambina e io e mia moglie ci trasferimmo accanto. - Ho

bisogno di un *briefing* a quattr'occhi, capo. Non sono riuscita a seguire completamente il discorso di qualche sera fa, ma ne ho colto la sostanza. Come intendi realizzare la svolta? – Domandò sorprendendomi. Le Allungai il testo della canzone appena terminata col mio giudizio autocritico e le dissi – Si tratta di un testo di rottura, un po' per catturare l'attenzione. Capisco che questa può essere solo una prefazione che, invece di semplificare la lettura del mio programma per attirare l'ascolto, potrebbe farmi perdere una gran parte della platea a cui desidero rivolgermi. Che ne pensi? È un rischio che posso correre? – Lei la rilesse rapidamente e concluse annuendo con un sorriso – Sì, hai fatto la migliore critica che potessi ricevere da una terza persona esperta. Il tema prescelto è difficile per molti, ma l'auto ironia che ti ha portato a paragonarlo a una montagna di bistecche di bisonte e di aver esagerato nelle porzioni, recupera quelli tentati dal mandarti a quel paese. Direi: buona la prima, Tami. Io non farei troppo ridotta la prima edizione. Questo è un pezzo da collezione. Ne farei anche un vinile e, al prossimo concerto, lo terrei come pezzo finale da ricavarne uno video professionale, con un regista intendo. – Lo sapevo, io non avrei avuto tanto coraggio. Mi alzai, girai intorno alla scrivania, le sfiorai le labbra con un bacio e andandomene, conclusi – Credo che dovrò proporre l'aumento del tuo stipendio per merito particolare, ma solo se anche questa volta dimostrerai di aver avuto ragione. Altrimenti me lo chiederebbe a tutto il CdA.

Mancavano sei mesi al concerto dello Yankee Stadium di New York. Con la band ci stavamo già preparando ed era in moto anche tutta la macchina organizzativa e pubblicitaria per l'evento. Parlai con L.A. Universal R. dell'appendice che intendevo aggiungere al progetto già avviato, chiedendo che il testo della canzone non venisse svelato anticipatamente, ma promesso come una sorpresa a fine concerto. Mi chiesero di mandare solo la base musicale, se intendevo mantenere il testo top secret. La strategia avrebbe incrementato l'attesa in maniera esponenziale e, addirittura, avrebbe richiamato molti curiosi indecisi. A Los Angeles accettarono anche l'idea del video affidato alla Jefferson art Production perché conoscevano la fama della company e la qualità di produzione, ma la *confezione* sarebbe dovuta passare contrattualmente da loro per l'approvazione finale e il lancio. Mancava solo che informassi Michael che stava diventando sempre più *umanitario* esperto, grazie alla presidenza della Fondazione. Mi aveva indirizzato lui alla M.A. Universal, per il grado di specializzazione e la percentuale altissima dei successi ottenuti in precedenza. Fu molto lusingato dell'affidamento di quell'incarico e promise di mandarmi la migliore troupe a sua disposizione. Mi consigliò di non lesinare in telecamere e strumenti per catturare l'audio, anche perché potevo permettermelo e avrei potuto pagare, se soddisfatto, senza preventivo: a consuntivo. Fu l'unica nota stonata dell'incontro. Non glielo dissi e, come aveva affermato sottolineando il mio status economico, avrei potuto saldare anche un *cachet* molto salato, Ma mi contrariò il fatto che, dopo tanto tempo di relazioni, quando parlavamo di affari, non rinunciava a essere spigoloso e rude. Probabilmente la Jefferson Art andava avanti da decenni in un mercato affollato e con una concorrenza piratesca proprio per questo. Ora bisognava occuparsi di musicare il testo. Avevo già alcune idee, ma volevo coinvolgere in particolare James Taylor Junior, il batterista. Non desideravo ottenere grandi effetti speciali prodotti, in particolare, dal suo strumento, ma sottolineare in maniera decisa alcuni stacchi che dividessero con molta evidenza la parte ironica da quella più *impegnativa*, il dialogo con i fans meno indulgenti e con più attitudine a lasciarsi trasportare dai ritmi piuttosto che dal contenuto. Preparato e provato lo schema base solo con la voce e la sua batteria, ben presto arrivammo al risultato che avevo immaginato. Potemmo coinvolgere il resto della band completando con la *materia* che mancava. Qualche limatura durante le prove, piccoli ritocchi suggeriti dall'orecchio dei *titolari* di ciascuno strumento finché non ne scaturì una versione che ci fece venire la pelle d'oca. –

Ragazzi, qui siamo di fronte al nostro maggiore successo o al più grande fiasco della nostra storia. – Fermai il loro entusiasmo, portandomi il dito sulle labbra per farli tacere, poi proseguii - Se si realizzasse la seconda ipotesi, che ritengo più improbabile, vi prego: ogni tanto eseguiamocela fra noi amici. Mi piace troppo! – conclusi veramente commosso. Uno alla volta vennero ad abbracciarmi in silenzio, condividendo quello che avevo detto e proposto.

Io, come tutti gli esseri umani, non mi fermo a riflettere eccessivamente sulle cose che non vanno quando le più importanti stanno navigando a gonfie vele. Sono consapevole che trascurare alcuni minuscoli segnali, può ingigantire problemi sottovalutati. La mia bambina stava crescendo con i primi stimoli al suo sviluppo mentale, ricevendoli quasi esclusivamente dalle babysitter premurose e della madre, nei numerosi intervalli di tempo dedicati, ma pur sempre ritagli. Fra i vari impegni di lavoro e quelli mondani o di rappresentanza collegati, non eravamo ancora riusciti a creare un *sistema* famiglia tale da far sentire Jasmine membro importante della stessa. Materialmente non le mancava nulla. La sua salute era costantemente sotto la lente d'ingrandimento della sua pediatra e allo staff che se ne occupava, aggiungemmo una educatrice professionista. Mancavano il papà e la mamma come punti di riferimento prevalenti e ben definiti. Bisognava porre rimedio. La bambina sarebbe cresciuta perfettamente saltando questa fase, ma una lacuna così sarebbe stato difficilissimo colmarla in seguito. Come dirlo a Betty senza allarmarla? Nel modo che mi riesce più facile!

**Ehi, baby Jasmine cresce**
Quel piccolissimo bocciolo di rosa
sta diventando un'altra cosa.
Non sembra più una bambolina
che piange con le lacrime,
fa la cacca, mangia e piscia
e piace tanto alle bambine più grandicelle
che giocano a fare la loro mamma.

Un esserino sommerso di peluche
e mille giochi che sviluppino i sensi
conoscenza e intelligenza,
con qualche vice che fa la balia
la diverte e strappa le prime risatine.
Cioè, sembra anche felice, ma così non è!
Forse ci riconosce e ci appaga
come genitori *part time*.
Quel piccolissimo bocciolo di rosa
sta diventando un'altra cosa
e quando crescerà
troverà una strada spianata
tutta in discesa,
con ogni ostacolo rimosso da mamma e papà,
sempre più attratta dal margine rosso
che "non si deve superare",
ma siccome proibito, avrà tanta attrattività.
Allora inizierà a capire,
ci comincerà a contestare
di non averle dato
la cosa più importante
a cui avrebbe avuto diritto,
essendocene la possibilità.
L'attenzione, attenzione
per un certo tempo quotidiano
da destinare solo a lei,
non come due *zombie* in carriera
in una frettolosa comparsata
veloce come una *sveltina*,
fatta con trasporto,
ma con grande superficialità.
Quel piccolissimo bocciolo di rosa
sta diventando un'altra cosa!
Forse siamo ancora in tempo,
prima che s'innamori della trasgressione,
per inserirla tutti i giorni
fra gli impegni fissi

della nostra affollata agendina,
a osservare i suoi sorrisi,
cercare di capire le sue prime parole,
a non chiamare qualcuno
per farla ripulire e cambiare,
ascoltare i sui primi *discorsi*,
accompagnare i gorgheggi,
farle ricevere i primi applausi
e, con un tantino di prudenza,
farle conoscere l'Umanità.
Quel piccolissimo bocciolo di rosa
diventerà un'altra cosa:
spero un fiore forte, bello, profumato,
capace di attirare la gente
e vivere nel prato,
che abbia abbastanza spine
per tener lontani i nemici,
impari a riconoscere
i veri amici e l'amore.
Infine vorrei lasciare la nostra impronta
a quel piccolissimo bocciolo di rosa
che diventerà un'altra cosa:
oltre alla *materia,*
che non le mancherà,
abbia un animo sensibile
ma non ingenuo,
capace di riconoscere i diritti di tutti,
far rispettare i suoi, di persona e di donna
in grado di lottare
per difenderli con l'orgoglio
e con la generosità di mamma
e di quel papà,
che era predestinato a morire appena nato,
se un angelo, come lei sarà,
non lo avesse salvato.
Devo riconoscermi che il testo non è male. Probabilmente
riguarda milioni di genitori che non hanno le stesse

possibilità di scegliere quanto tempo dedicare ai figli o difenderli dalle insidie di bulli e orchi che pullulano nei posti più imprevedibili. Poi si sa che dove c'è miseria e degrado e gli angeli sono assenti per *carenza di personale*, la Società perde l'umanità e generalmente può accade di tutto perché, nell'indifferenza di chi vive al di fuori, diventa normalità. A Betty piacque molto la canzone e ne condivise in pieno il contenuto, soprattutto perché non mi ero proposto da maschio che chiedeva alla femmina di sacrificare la carriera per i figli. – Iniziamo subito il nuovo corso? Posso organizzare un *week end*, magari ridotto, con Zita, Aziz e il quasi coetaneo di Jasmine, Michael? Abbiamo trascurato un po' la socializzazione della bambina. Ben presto dovrà abituarsi a vedere altri piccoli e imparare le prime regole, oltre a costruire *l'impianto* educativo ambizioso che hai scritto. – Sorrisi accettando la proposta. Si poteva fare.

Intanto continuavano le prove per il concerto e le ventiquattro ore della lunghezza del giorno mi parvero carenti. Si aggiunse una iniziativa imposta da M. Jefferson in persona. Si era procurato il video del concerto di Las Vegas e aveva fatto manipolare l'audio della parte finale per provare gli effetti sonori e le riprese di Rabbia e rancore. - La J. Art Production non improvvisa neanche la diretta - mi aveva spiegato il regista a cui ero stato affidato. Cominciammo dall'annuncio del titolo seguito dagli *effetti speciali* dei fischi di un pubblico ostile. – Forse dovremo prevedere *un'anti claque* di fischiatori – ironizzai non essendo sicuro di quell'accoglienza da parte di miei fans. Il regista finse di non cogliere la battuta di spirito e disse – Ci penso io. - Ripetemmo gli attacchi una dozzina di volte e i cameramen si esercitarono a effettuare le riprese come sarebbero state eseguite allo stadio. Soddisfatti dei risultati ci mettemmo a ridere come bambini che avessero completato una bella recita a scuola. James Taylor Junior propose di festeggiare al Boathouse prima del concerto. Io mi defilai perché avevo preso un... impegno con miss Jasmine e sua madre. Mi presero in giro, ma compresero decidendo di andare senza di me. Mi faceva piacere che la band fosse ancora così coesa pur avendo un gran successo e vite private molto differenti.

La bella casa di Aziz e Zita era nella East 97th Street di Manhattan: si sarebbero potuti permettere di meglio, ma avevano preferito quella per provare la vivibilità della zona prima di impegnarsi in un acquisto. Bambini e mamme seguirono un percorso turistico ed esplorativo con i piccoli che dimostrarono subito di simpatizzare. Il mio giovane amico sembrava a suo agio e che fosse riuscito a adattarsi bene alla realtà della Grande Mela. Pur essendo stato scagliato in un ambiente lavorativo inimmaginabile quando era partito da Gambo, non si era lasciato travolgere, rischiando di *annegare*. In pochissimo tempo era riuscito a tirare fuori tutte le sue potenzialità rispondendo efficacemente a stimoli e impulsi richiesti. Saggiamente aveva deciso con Zita di mantenere un profilo basso, discreto, che non urtasse la suscettibilità di tanti che lo vedevano ancora come un intruso maledettamente fortunato. A Tami Wonder era accaduto nella preadolescenza, ma successivamente aveva avuto a disposizione molti anni per imparare a difendersi, affermare e consolidare la sua posizione nella società USA.

Aziz mi confessò che, pur possedendo un'istruzione da *high school*, sufficiente a svolgere e seguire le attività della fondazione, spesso gli capitava di avvertire la sensazione di essere trattato con un'aria di sufficienza anche dai suoi validi collaboratori, laureati e masterizzati nei più ricercati Istituti della città. Con grande ingenuità gli suggerii di scegliere quello che gli servisse, iscriversi, e, non potendo dedicare il tempo necessario a uno studio completo, si facesse supportare da qualche *tutor*. – Il mio amico fece una pausa di riflessione cercando il modo giusto di rispondermi. Appariva evidentemente contrariato dal suggerimento datogli. Aveva acquisito un'esperienza diplomatica veramente professionale tale da farmi riconoscere intimamente la superficialità impulsiva con cui gli avevo parlato *dall'alto* della mia posizione. – Vedi Tami, non intendo competere con i ragazzi della mia squadra. I pochi anni di differenza d'età risulterebbero abbastanza insufficienti, solo con una formazione simile alla loro, a vedermi riconoscere l'autorevolezza che si deve a un capo poliedrico, capace di anticipare e costruire le *visioni d'insieme*, guidare verso il successo le operazioni complesse composte con l'apporto di tutti, dagli addetti alle pulizie ai ricercatori, dagli studiosi esperti ai loro coordinatori. Mi servirebbe, non imparare a decifrare e leggere rapidamente qualche grafico: quello sono già in grado di farlo. Piuttosto mi sarebbe utile consolidare le mie convinzioni etiche, sociali, politiche ancorandole saldamente a un pensiero granitico che non subisca oscillazioni o cambiamenti alla prima tempesta improvvisa, spiazzante. Potrei arrivarci da solo con anni di esperienza, ma il mio sogno ambizioso è di ottenerlo al più presto, per utilizzarlo con l'energia dei trent'anni, senza attendere i tempi naturali e il suo calo fisiologico conseguente. Si accese il faro di segnalazione geniale che sostituisce la solita lucina che accompagna *l'avvento* delle mie idee ordinarie - Ho la soluzione che cerchi, fratello, almeno per partire. È un segno del destino! Mi sono imbattuto da poco tempo anche io nel tuo problema. Mi sono rivolto al mio *Colin Powell* che ha trovato una soluzione fantastica. Hector Sullivan un prof della *Columbia University*. Risponde al caso nostro. Verrà a trovarmi periodicamente, senza programmi di appuntamenti, quando vorrà e potrà. Potrai affiancarmi per provare. Ti piacerà. Ti faccio avere la registrazione della prima lezione per farti fare un assaggio. Che ne dici fratellino? – sorrise. Non sapeva cosa chiedermi e l'entusiasmo nel porgergli la proposta, favorì un assenso quasi dovuto. – Ti avviserò in tempo, vedrai. – Mi appuntai l'impegno preso giusto in tempo per l'inizio della rievocazione del pranzo offerto a Gambo ai vicini. Purtroppo, gli ospiti non erano presenti, ma i due piccoli compensarono l'assenza con la loro vivacità e le esigenze di attenzione. Fu la rifondazione sincera della nostra amicizia.

Provammo fino a due giorni prima del concerto. Poi

decidemmo di dedicare il tempo rimasto a concentrarci e ripassare mentalmente la *picture*. Arrivando sul palco ringraziai l'ultima band di ragazzini che avevamo selezionato dalla nostra scuola di *scouting*. L'attento programma aveva previsto l'esibizione partendo dai più giovani alle prime armi, dignitosi esecutori e produttori di una comicità artistica involontaria, per concludersi con quella che, alle *performance* musicali, era in grado di aggiungere un effervescente ingrediente umoristico del *bandleader.* Un brevissimo intervallo permise di preparare il palco per noi. Fummo accolti con enorme entusiasmo. La scaletta andò avanti ricevendo un gradimento anche per l'assortimento dei pezzi scelti e i curatissimi interventi di presentazione delle canzoni, imparati a memoria dai rapidi annunciatori. Soddisfecero noi e il pubblico le ovazioni, la partecipazione, il coinvolgimento sollecitato proprio come accadeva durante le partite in quello stadio. Dopo l'ultimo pezzo fu annunciato il momento della sorpresa finale. Un brevissimo break dietro al palco, fu utilizzato per uno stacco netto col resto del concerto Ognuno riprese le proprie posizioni. Feci personalmente i ringraziamenti di rito e annunziai: *Rabbia e Rancore.* Per fortuna il regista aveva calcolato un potente gruppo di *figuranti* che ben volentieri avevano assistito gratis al concerto e avevano percepito un piccolo compenso per scagliare alcune bordate di fischi di contestazione. Il pubblico normale aveva accolto la canzone con un appaluso composto e compatto. Ottenni il movente per esordire con le prime parole. Che furono accompagnate da altri battimani scaglionati accompagnati da versi di approvazione. Infine, si scatenò un'apoteosi che coinvolse anche coloro che, probabilmente, pur non avendo condiviso o capito il testo avevano apprezzato il ritmo e l'architettura della canzone. A grandissima richiesta richiesero il bis che fu accompagnato dai fans sottolineando alcune parti, avendole giù memorizzate. Fu la prova del nove!
La grande macchina della L.A. Universal R. già carburata cominciò subito a far impazzire il mio *pallottoliere*

elettronico, e il *call center* fu sommerso di telefonate. Anche la linea riservata alle personalità non tacque. La maggior parte di esse espresse lodi piene, senza riserve, altri le hanno accompagnate a qualche preoccupazione. Michael Jefferson mi disse che il pezzo era bello perché risultava un efficace appello al controllo di certi istinti prodotti dalle ingiustizie sociali e a impegnarsi per migliorare il Mondo, ma poteva essere frainteso dalla parte più ignorante, meno colta del pubblico. Correva il rischio di risultare, Invece, un incitamento a una maggiore combattività nella lotta in cui gli ingredienti invidia, odio, rabbia e rancore andavano utilizzati in maniera maggiore per pretendere, in una sorta di social egoismo, la propria parte di *Mondo che è di tutti*, cosa non vera nella realtà. I messaggi intercettati dai miei filtri salvifici, in parte, davano ragione a Michael. I commenti sui social dedicati si orientavano nelle principali categorie che aveva evidenziato. Una menzione a parte merita anche quella degli insulti e delle minacce istintive o *professionali* a tal punto da interessare una revisione del sistema di sicurezza che riguardava la mia sfera familiare. Sulla mia linea verde diretta chiamò anche Hector Sullivan. Il prof della *Columbia* si congratulò e mi ringraziò per il sostanzioso contributo ricevuto dal suo dipartimento, giunto in tempo prima di subire un drastico ridimensionamento. – Spero di non essere io l'unico responsabile della sua svolta artistica e di impegno politico e sociale. Schierarsi in questo campo comporta il dover affrontare molti avversari potenti, contrasti e rischi pericolosi anche da parte di fanatici e delinquenti comuni. Questo lo ha previsto? – Sì, grazie prof. Le categorie che ha citato sono una minoranza della popolazione. Dobbiamo cercare solamente di far capire ai volenterosi e ai pigri come dosare il proprio egoismo rispetto agli *altri*. Credo che lei sia la persona giusta per insegnarmi il modo giusto, aiutandomi a mettere ordine nel mio cervellino che rischia di avere problemi organizzativi. Mi farei accompagnare nelle sue prossime lezioni dal mio testimone di nozze, amico e bisognoso della mia stessa *cura*. – Sullivan accettò l'incarico e concordammo l'appuntamento che *notificai* subito ad Aziz. Finita la giornata di incontri, strette di mano, pacche, abbracci e baci, chiesi a Betty di spiazzare giornalisti e fotografi andando da soli, separatamente, in un hotel che le avrei indicato dopo, con due taxi diversi. Le consigliai di non essere troppo appariscente e, a destinazione, di non allarmarsi se l'avesse avvicinata una specie di manager elegante con una valigetta poco somigliante a me. Solo così riuscii a salvare le mie braccia e le mie spalle indolenzite da tanti amici, dipendenti, sconosciuti dal suo *attacco* che immaginavo ben diverso. Incaricai solo *Colin Powell* di bisbigliare al taxista la destinazione e di scegliere uscite diverse per me e mia moglie. Betty si prese cura della bambina, la mise a letto e le diede la buona notte, lasciandola serena. Il piano di depistaggio funzionò perfettamente e arrivammo a cinque minuti di distanza al Langham, nella Fifth Avenue, il posto più imprevedibile per chi vuole... nascondersi. Capisco che i più curiosi amerebbero conoscere i dettagli della serata, ma non voglio privarli della possibilità di dare libero sfogo alla loro immaginazione. Li prego solo di non ispirarsi totalmente a certi siti porno di infima qualità. Agli altri riassumo che arrivammo al ristorante rilassati e rinfrescati. Fummo *collocati* ad un tavolo con vista panoramica ma discreto. Ci lasciammo guidare verso una cena sobria, non complicatissima, ottenendo l'atmosfera giusta per parlare dei cambiamenti che stavamo vivendo e del nostro futuro. Domandai a Betty se provasse anche lei la sensazione che fossimo saliti su un gradino diverso, più importante, con una qualità diversa di impegni da affrontare. Lei annuì non smettendo di degustare contemporaneamente con raffinatezza e appetito. – Non credi che dovremmo scegliere qualcuno per delegare una parte del nostro *lavoro*? È impossibile mantenere una visione organizzativa d'insieme e rimanere impigliati in riunioni, contatti che potrebbero essere gestiti soddisfacentemente da persone preparate e di nostra fiducia? – Lei continuò ad annuire cenando, ma dimostrando di non seguire distrattamente le mie parole.

Aggiunsi – Vorrei che, anche per la sicurezza e la riservatezza nel guidare la realtà che abbiamo costruito, lavorassimo più vicini anche fisicamente. Siamo consapevoli di essere spiati continuamente e in mille modi diversi, ma non conosciamo i motivi e le persone lo fanno. Molto probabilmente non per seguire una improvvisa *passione filantropica.* – Lei capì che era il momento di darmi il cambio. Si affrettò a completare il *dessert*, ripulì le labbra col tovagliolo, bevve un sorsetto di vino ed esordì – Sono d'accordissimo sulla proposta, che non potrai più ritirare, di lavorare più vicini anche fisicamente: abbiamo un'esperienza consolidata in materia. Concordo anche con le motivazioni e hai conquistato pienamente la mia fiducia. Ormai costituisci un punto di riferimento indiscutibile della mia vita. L'angelo che ha salvato te ha salvato anche me. Dobbiamo aiutarci però a non finire in una sfera isolata dalla realtà, fatta di sogni, realizzazione degli ideali bellissimi, ma distaccati dalla concretezza. – Mi affrettai a finire anche io il mio *dessert*, mi asciugai col tovagliolo e, alzando il calice del vino, la invitai a un cincin a cui aderì istintivamente. Aggiunsi – Bene, allora sei invitata anche tu alla prossima lezione del prof Hector Sullivan. Completammo con sobrietà la cena e il sorriso della cameriera a noi dedicata, ci fece perdonare la sensazione che, oltre a reperibili immagini di repertorio, qualche furtiva foto della serata avrebbe arricchito i giornali *specializzati*.
Con Betty e Aziz rivedemmo la prima lezione impartitami dal prof. Sembravamo diligenti compagni di classe ansiosi del suo arrivo. Roba da *college*! Hector Sullivan arrivò puntualissimo con un *papillon* coloratissimo, ma non da *clown*. Gli presentai i nuovi allievi e, facendomi promettere che non se ne sarebbero aggiunti altri, iniziò invitandoci a rinviare eventuali richieste di chiarimenti a dopo la sua breve esposizione.
Lo schiavismo ha cambiato aspetto ma, nella sostanza, conserva tutti i suoi elementi fondamentali. La finalità resta la sottomissione degli altri imposta con la forza, in tanti casi (lì dove, minacce o attuazione di embarghi, emarginazione

economica e ricatti praticati con dazi non attecchiscono) ancora fisica e materiale, nella maggior parte degli altri, finanziaria. La frusta è sostituita dalle regole di politica economica tendenti a contenere individui e Stati in celle sempre più anguste, azzerando il valore della reale capacità produttiva umana costretta a *comprare* dall'ECONOMIA VIRTUALE anche ciò che serve per soddisfare i propri bisogni primari. La *Lobby finanziaria* ha insinuato la necessità di introdurre regole monetarie basilari per garantire il libero scambio di merci e capitali che, sotto la minaccia di essere esclusi dalle indispensabili *garanzie* nel mercato globale, antepone la tutela del capitale finanziario a quello umano, rosicchia il *demanio* della Terra trasformandolo in proprietà privata, investe abbastanza da spingere anche economisti e divulgatori a sostenere inconsapevolmente che l'uomo non è in grado di pensare, produrre e svilupparsi senza essere finanziato. Il trionfo dell'egoismo richiede l'annientamento dell'economia locale, del piccolo commercio, dei rapporti di prossimità; diventa indispensabile l'aggregazione dell'uomo nell'omologazione dei gusti, delle abitudini, delle ambizioni smisurate, nella sensazione di avere il Mondo a portata di mano riducendo le distanze geografiche, di poter *influire*, di poter accedere facilmente al successo. È questo che consente a fenomeni come *Amazon, Google, Alibaba, Facebook, Instagram, YouTube* ecc. ecc. di realizzare enormi profitti. Ciò non rappresenta il risvolto maggiore di tali attività. Esso è costituito dal depauperamento del valore umano, dell'individuo e della società che contano sempre meno. Una volta si diceva che tutti fossero utili, ma nessuno fosse indispensabile. Gradualmente si è passati dal dare a tale espressione un significato relativo (ad esempio nell'ambito di un lavoro, di un ruolo specifico) ad attribuirle un senso generale. Chi sostiene tale tesi è d'accordo con quanti anticipano che la società avrà sempre meno bisogno di lavoratori, che le macchine, l'automazione, i robot saranno in grado di sostituire, in maniera più economica, gli esseri umani nella maggior parte delle attività manuali e di controllo. Mentre tali intellettuali ritengono di far parte di diritto dei pochi beneficiari di tale ineluttabile *progresso,* gli stessi plaudono sperticatamente l'avvento del futuro in cui potranno decidere di quanti e quali consumatori avrà bisogno la società prossima: gli aspiranti *Dei* non si rendono conto di doversi impegnare con tutte le forze per impedire ai folli di portare a termine il tentativo di realizzare le loro teorie demenziali. Piccole popolazioni marginali, vengono frettolosamente definite sottosviluppate perché sfuggono alla finanza globalizzata e vivono in zone in cui le risorse naturali sono a disposizione; i benefici prodotti razionalmente dell'attività umana ricadono sulla collettività e vengono distribuiti equamente. Mi sento di far parte di quella minoranza che, pur tentata dalle lusinghe di benefici immediati di questo *progresso,* sebbene derisa quando parla di decrescita felice (in realtà essi si riferisce alla decrescita del potere egoistico e illogico della finanza speculativa e dello sfruttamento sproporzionato delle risorse naturali) cerca di far comprendere, in vari modi, quanto sia urgente cambiare la tendenza che spinge la maggioranza ad accettare le regole della *Religione* del liberismo, spacciato come unico strumento in grado di produrre progresso e ricchezza diffusa: le sue leggi promettono che, se non tutti, almeno "*Uno su mille ce la fa*" e il "*Sogno americano*" può davvero portare chiunque, anche l'ultimo, a trionfare nella Società. Sono convinto che venga calcolato anche quando sia necessario consentire ad uno *schiavo* di diventare *liberto,* per ravvivare la *ludopatia* dei sostenitori dell'ineluttabilità del processo in atto. Non è una lotta facile da condurre con mezzi ridottissimi, rispetto alle risorse spendibili dagli egoisti. Questi possono gettare nella mischia fior di intellettuali, scienziati, ma anche artisti, politici, comunicatori e influenzatori (complici non sempre inconsapevoli) investendo sulla loro popolarità o sul successo personale, ponendoli in grado di condizionare il pensiero, indirizzare le opinioni o semplicemente *distrarre* la platea umana dalle ambizioni loro. Le armi sproporzionatamente impari non mi demoralizzano. Il timore che queste idee non avranno mai risonanza e non saranno oggetto di valutazione, se non da pochi... come te, caro amico Tami Wonder, non mi scoraggiano. Ti prego di non considerarle alla stregua di un fumoso complottismo vago, indefinito, fantascientifico, fantapolitico... Se avrai l'immane pazienza di leggerle con attenzione, potrai scoprire quanto, anche se non sempre espresse adeguatamente, con precisione o col supporto di dati scientifici, matematici, esse costituiscono una sorta di algoritmo-risposta e spiegazione di tante azioni, processi economici, politiche, comportamenti individuali o di massa, dell'origine di certe fluttuanti mutazioni della psicologia umana.

Io, Betty e Aziz ci guardammo con tale stupore per aver ascoltato la sintesi ordinata e completa che su questi argomenti era racchiusa in un caos indecifrabile nei nostri cervelli e, soprattutto nei nostri cuori. Il prof lasciò passare il tempo necessario per riprenderci e, dopo pochi secondi, interruppe la *pausa* con un gesto che ci invitava a *tornare* sul punto. Io, chiamato in causa nella lezione, mi sentii in dovere di ringraziare per la stima e dissi – Crede che riusciremo mai a influire su un cambiamento così epocale? Non saremo solo una piccola minoranza compressa per non diventare troppo influente, predominante con idee pericolose per ricchi e aspiranti tali, malati di egoismo bulimico? Riusciremo noi per la nostra parte di competenza e quelli che seguiranno a proseguire questa *marcia*? - Dal punto di vista sociale il Mondo ha progredito, pur con il contrasto, i freni e le spinte all'indietro frapposte da magnati disperati. No, Caro amico! Non siamo una piccola minoranza se consideriamo che una parte delle nostre idee è contenuta in tutte le categorie che compongono l'umanità: i ricchi intelligenti, che producono ricchezza necessaria senza distruggere il pianeta e ne ridistribuiscono almeno il venti / venticinque per cento, le classi medie, che hanno, oltre alla capacità e al diritto di progredire, anche l'intelligenza di versare alla collettività il dovuto, le altre cospicue classi fino a quelle che sfumano nello

stati di necessità di emergenza. Quelli che sono all'ultimo stadio, che non sono pochi, spesso sono inconsapevoli o incapaci di reclamare i loro diritti. – Aziz intervenne domandando – Professore, per quella categoria è giustificato usare anche la violenza per ottenere almeno il fabbisogno per sopravvivere individualmente e con la famiglia? – Sullivan pensò per qualche istante, come per adeguare allo studente la risposta che conosceva. – La violenza in natura non esiste. Le risorse del suolo potrebbero soddisfare le necessità di tutti gli abitanti della Terra. Fra gli animali, anche i predatori non sono feroci, perché prendono solo quello che è necessario per vivere, crescere e conservare la specie. La vera violenza ingiustificabile è costituita da tutte le guerre, fino alle contese tribali, che sono generate e sostenute da quanti eccedono per avvantaggiarsi smisuratamente, nutrire il proprio egoismo, avere un'ambizione regolata solo dalla fretta di raggiungere i traguardi usando qualunque mezzo e ignorando che ognuno dei sette / otto miliardi di abitanti *coinquilini* ha pari diritto di vivere e progredire. – Betty si senti in dovere di aggiungere provocatoriamente, ma in maniera benevola, una domanda che richiedesse una breve risposta, per completare quella fase. – In definitiva gli unici nemici veramente condannabili resterebbero i trafficanti di droga, i criminali e gli speculatori esperti in qualunque campo? – Hector Sullivan disse che era soddisfatto dell'attenzione della *classe* e che con la risposta alla signora Cooper avrebbe concluso la lezione. – Penso che una categoria sovrasti anche quelle che ha citato e contenga una parte di *ispirazione,* metodi e mente: quella dei ricchi senza misura disposti a qualunque alchimia economica per non ridistribuire il dovuto. In questo modo fanno mancare le risorse per far accedere tutti ai propri diritti grazie a una tutela capillare e adeguata degli stessi, prodotta dal controllo e dal rispetto delle regole per la convivenza civile della Società Universale priva di *eccezioni per sedicenti capi o categorie vip, top eccetera.* -
Fino ad oggi, i nostri uffici amministrativi e legali hanno

tenuto ottimi rapporti con tutti i livelli dell'IRS. Ai responsabili che avevo incaricato avevo richiesto solo competenza, di calcolare scrupolosamente le tasse da pagare, accedere solo alle detrazioni ammesse dalle leggi e dai regolamenti federali, statali e locali. Nel tempo era avvenuta una selezione che espelleva automaticamente solo i pochi che, col fine di accelerare la propria carriera per *meriti non richiesti* o per procurarsi illeciti profitti economici personali, utilizzavano spregiudicatamente forzature interpretative per accedere a detrazioni, esenzioni e benefici. Neon vi era stata mai nessuna necessità di mio intervento diretto sulla materia, ma quando mi son visto richiedere un incontro dall'avvocato Julius Bryan, *Capo Supremo del settore*, mi bastò ascoltarlo pochi minuti per capire che la massiccia azione di verifica e contestazione delle *dichiarazioni* iniziata da IRS, non era il frutto naturale di un controllo intrecciato dei dati, ma un'azione promossa per contrastare la mia svolta politica, economica e sociale capace di mettere a rischio il *Sistema*. Il signor Bryan mi chiese di affidare a uno studio di specialisti associati la difesa della Company e della Fondazione per non distogliere il personale addetto dall'impegnativo lavoro di *routine*. Lo autorizzai chiedendogli di cercare di ottenere le migliori condizioni di parcelle richieste perché, probabilmente, si trattava solo dell'inizio di una serie continua di *attacchi* simili.

Mentre osservavo il mio *pallottoliere* in continuo movimento, *mi sorrisi* compiaciuto: ero diventato abbastanza grande da preoccupare le grandi lobby della finanza e delle migliaia di *tycoon* amanti dello *stato delle cose* in cui ci troviamo! Certo questo avrebbe imposto di cambiare molte abitudini quotidiane a me e alla mia famiglia. Accentrando maggiormente a me le responsabilità, saremmo diventati più individuabile e facilmente colpibili. Sentii l'urgenza di parlarne con Betty. Chiamai il mio fidatissimo *Colin Powell* e gli chiesi di noleggiare un piccolo *yatch* per un vip anonimo. Ormai non avevo bisogno di spiegare dettagli per essere capito. Andai a parlare col Ceo che si accingeva a diventare

Presidente della Company, proponendole, controllate le previsioni di bel tempo, una improvvisa e breve vacanza agli Hamptons di Long Island solo con Jasmine e una babysitter. Lei non capì il motivo e non lo chiese, ma accettò.

Avevamo lasciato tutti gli apparati elettronici prima di salpare. Solo il comandante aveva quelli di servizio. Lasciai il numero del satellitare di bordo, solo al fidatissimo *Colin Powell* per eventuali estreme necessità.

Avevo richiesto una tranquilla navigazione senza puntare direttamente sulla meta. Quella giornata quasi estiva permise di dedicarci alla bambina liberando per un po' di tempo la babysitter che conosceva l'unico marinaio impegnato nel suo lavoro, o comunque familiarizzò rapidamente con lui. Jasmine appariva nata per quel tipo di vacanza e diede fondo a tutto il suo *repertorio* per farcelo capire. Poi venne il momento del gioco e la ragazza rientrò in *servizio.* Con Betty occupammo due sdraio accanto e ascoltammo per un po' il rumore del mare solcato dalla prua di quel silenziosissimo motoryacht, poi mi chiese – Adesso vuoi dirmi cosa ci abbia regalato questa *fuga*? – Aspirai brevemente dal di drink fra i pezzi di frutta *affogati* e risposi – La ricerca di un posto tranquillo, rilassante e discreto per parlarti. – Se stai per chiedermi di fare un altro figlio, ti rispondo subito di aspettare ancora un paio di anni. Vorrei far sentire Jasmine una vera sorella maggiore, non la concorrente di un fratello o una sorella quasi coetanei. – Risi molto divertito, prima di replicare – D'accordo! Condivido pienamente la tua idea a condizione di... non sospendere gli allenamenti. – Ci baciammo e, dopo una giusta pausa ripresi – No, si tratta della necessità di trovare un nuovo equilibrio per mantenere il nostro percorso. Con quello che abbiamo, potremmo ritirarci e vivere tutto il resto della vita in questo modo declassando, come fanno quasi tutti, i progetti di realizzare attivamente qualcosa per salvare il Mondo, in sogni e illusioni. Ci siamo detti che solo donare in beneficenza, libera facilmente la coscienza, ma destina all'immortalità i problemi. Ognuno deve impegnarsi per la sua parte, ma vorrei sapere da te fino a che punto spingerci. – Finché siamo *forti*, alla massima potenza, Tami – Senza paura? – Senza paura! Capiremo dopo quando diminuirla. – Questa premessa mi parve sufficiente per parlare degli ultimi sviluppi di cui mi aveva parlato Julius Bryan. Le dissi dei problemi con l'IRS e di quanto fossero generati, probabilmente, perché avevamo raggiunto un livello percepibile di efficacia della nostra battaglia per smuovere le coscienze, rendere sensibili e consapevoli gli individui di una effettiva universalità dei diritti e degli impegni da assumersi. - Ho capito: sono spuntati documenti falsi o rapporti addomesticati per ostacolarci! – Affermò dimostrando di non temere ciò che aveva ipotizzato – E credo che presto inizierà una campagna di *fake news*, di *macchina del fango*, di *gossip* truccato che ci attribuirà relazioni e tradimenti. Da un bacio innocente ne ricaveranno... – Ho capito! - disse fermando il mio incedere verso un linguaggio triviale che, in quel momento, l'avrebbe infastidita. Ripresi – Ecco il motivo fondamentale per cui siamo qui. Desideravo parlarti al riparo da orecchie umane ed elettroniche indiscrete e da paparazzi ingaggiati per procurare il *materiale* occorrente l'*operazione*. Promettimi di non farti annientare da ciò che tireranno fuori, anche del nostro passato bello o brutto. Oggi siamo qui. In un punto della nostra vita in cui abbiamo elaborato, scelto liberamente di cambiare, costruito e già progettato per il nostro futuro. Niente e nessuno deve modificare il *selfie* di questo momento. Ok? – conclusi abbracciandola e invitandola a sorridere verso la mano che simulava di mantenere il portatile con cui scattare la foto.

Da quel momento iniziò realmente la vacanza e Betty si sentì più intimamente legata a me. Ogni manifestazione di affetto era più intensa e mi concesse un lieve anticipo della data per il cantiere del secondogenito. Scegliemmo di mantenere la residenza notturna sulla *barca* e, mantenendo un profilo medio e divertendoci spensieratamente come una giovane coppia in viaggio ancora in luna di miele, cambiammo opportunamente il look per non rischiare di essere riconosciuti troppo facilmente.

**Tre giorni**

Ciao ragazzi, togliete gli auricolari,
un momento d'attenzione, per favore.
Sapete che mi è successo?
Va bene, lo dirò ugualmente
solo da chi vorrà sentire,
giuro: non lo farò morire!
Tami Wonder in tre giorni
è cresciuto di dieci anni.
No. Non sono invecchiato,
non ho perdita di memoria
né penso trasferirmi in un altro reparto
per diventare storia di scarto.
Direte voi quando finirà la mia carriera
di giovane cantante di frontiera
che cerca di parlare a tutti,
e spera che fra i tanti che lo ascoltano,
quelli che gli vogliono bene
diventino maggioranza.
Continuo a parlarvi di amore,
in tutte le sue coniugazioni,
ognuno si tenga le proprie convinzioni
è non vada a spiare nel letto degli altri,
chi bacia chi o si tiene per mano
come un guardone rompi coglioni.
Vi ho detto anche che è di ciascuno
il diritto di sognare.
nessun mascalzone glielo rubi,
specialmente se è un bambino,
soprattutto se è un bambino:
 soprattutto se è un bambino!
A chi sogna troppo
ho suggerito di non esagerare
perché quando poi si sveglia
se la realtà è troppo differente,

ti regala insoddisfazione,
ti fa sentir sfigato e incapace
e veder di merda il tuo destino.
Tami Wonder in tre giorni
è cresciuto di dieci anni.
Una strana sensazione,
ho una strana sensazione,
ho una strana sensazione.
Vorrei dire ancora una cosa sola,
Ma rimane bloccata nella gola.
Tami Wonder in tre giorni
è cresciuto di dieci anni
e vede negli occhi sei suoi fans
una grande aspettativa.
E vero che non volete le solite parole?
Ditemi è vero, confermatemi che è vero?
Non so se devo volare
come un fringuello
o come un pappagallino al sicuro,
ma chiuso in una gabbia.
Se volassi libero,
la vita mi permetterebbe
di andare libero a cercare
i più bei semi da mangiare.
Dovrei stare attento
a non finire preda
di qualche predatore
e a non digerire
sui marmi e sugli specchi
delle grandi  residenze:
può diventare giusta motivazione
per farti finire in prigione
o impallinato da un cecchino
incaricato di pulire e lucidare.
Tami Wonder in tre giorni
è cresciuto di dieci anni
e ha deciso definitivamente

di stare con voi, sempre con voi,
correre qualunque rischio
da fringuello intelligente.

La stampa della *macchina del fango* digitale cominciò a parlare di me e di tutte le appendici riconducibili. In un crescendo che si espanse enormemente anche sui canali social, ponendo alcuni elementi reali come punti di riferimento indiscutibili, subito dopo gli stessi diventarono il canovaccio di una ridda di ipotesi, escamotages, truffe, attribuitemi per condurre una vita sfarzosa e, contemporaneamente, per finanziare in mezzo Mondo movimenti di rivolta in Usa e nelle periferie di tutti i continenti. Venivo dipinto come un altro rivoluzionario nero in vena di sconvolgere il Pianeta arricchendosi e non rinunciando alla bella vita. Tutto veniva modellato come se si stesse trattando degli argomenti scaturiti da un filone d'inchiesta in corso da parte delle autorità federali specializzate. Nella realtà, ufficialmente non esisteva neanche una inchiesta penale a carico mio personale e delle società a me riconducibili. Ero allo stadio dell'accertamento di alcune ipotesi dopo l'acquisizione di documenti legali, dichiarazioni e risultanze contabili, nonché verifica delle corrispondenze. Non desiderando lasciarmi sommergere dalla lettura delle puntuali rassegne stampa raccolte dei miei più stretti collaboratori, raggiunsi Betty che stava studiando e preparando un breve discorso per il suo insediamento alla presidenza della Company, cedendo il posto di Ceo. La trovai ancora una volta incantevole con i capelli tirati in su e un paio di occhiali che le suggerii di portare sempre. Bacio. Le chiesi come andasse e lei mi coinvolse come se mi stesse aspettando. – Senti un po' se va bene, per favore? È arrivato il momento che la Tami World Company continui ad essere seguita dai suoi fondatori ma, viste le dimensioni raggiunte, venga gestita da un consiglio di persone che la conoscono da molto tempo e sono di sicuro quelle più esperte e che l'amano di più. A me, Tami Wonder Jefferson ha affidato l'incarico di verificare che sia seguito l'indirizzo primario della società e non venga mai sacrificato al risultato economico e finanziario degli utili, come normalmente accade in tutte le altre company... e poi bla, bla, con il resto. Allora? – Mi appoggiai in pedi al bordo della scrivania e, prendendole la mano le dissi - Quando una persona riesce a riassumere così sinteticamente una linea precisa e indiscutibile, senza imporla con arroganza, minacce o *terrorismo*, è apprezzabile e indispensabile come l'aria che si respira. Grazie per essere al mio fianco permettendomi di rimanerti accanto. Mi sorrise come una studentessa che avesse superato un esame difficile. Aspettai alcuni attimi, poi ripresi – Abbiamo scelto il momento giusto per realizzare questo importante cambiamento. È cominciata! Non sto a farti un resoconto dettagliato, ma è guerra aperta! Abbracciamoci stretti con Jasmine intorno all'albero del nostro amore, perché l'alluvione porterà una marea di fango putrido e ci vedremo sfiorare da topi e sciacalli famelici. Forse resteremo isolati anche da quelli che riteniamo amici. Quelli veri non ci molleranno e i più prudenti si riavvicineranno alla fine dell'inondazione. Sì, perché una cosa e certa: questi eventi hanno una durata, breve o più lunga, ma dopo arriva la rinascita, si contano i danni e si riparte. – Betty si alzò per abbracciarmi e baciarmi lungamente e il sapore delle sue lacrime parlava dello stupore per la grandezza del nostro amore. Io invece di lacrime avverti la mia pelle percorsa da un unico brivido coinvolgente dalla testa ai piedi.

Anche il mio *pallottoliere* personale registrò gli effetti della tempesta mediatica appena iniziata con un brusco calo di progressione pari al dodici per cento. Coincideva approssimativamente ai dati giunti a Rudolph Stanford. Dimostrando un alto senso di responsabilità, non sottovalutò i segnali percepiti e me ne parlò. *Colin Powell* amava elevare il tono di ufficialità quando mi parlava di argomenti che riteneva di importanza e gravità particolari, come di assumere quello complice e confidenziale nel momento di informazioni riservate o richiesta di segretezza. – Signor Jefferson, non possiamo aspettare passivamente che passi la tempesta. Suggerisco di permettermi di rinforzare il nostro ufficio stampa e coordinarlo in maniera da ottenere una difesa adeguata a contenere i danni e neutralizzare i pericoli che possano diventare catastrofici. – Lo autorizzai pregandolo però di non andare a controbattere ogni menzogna verosimile, la più piccola postilla o qualunque offesa grossolana. Lasciavo a lui l'incarico di prendere le scelte migliori e considerare la difesa legale solo in casi eccezionali. – Mister *Colin Powell,* mi aspetto da lei la conferma di equilibrio e saggezza che hanno prodotto i risultati finora apprezzati da me prima di tutti gli altri. Non rilascerò interviste, sospenda l'agenda. Io non seguirò le fasi di questa battaglia: la incontrerò solo una volta alla settimana per ricevere da lei *report* con azioni e risultati. – L'ex attore si alzò rimanendo qualche istante sull'attenti, si trattenne dall'eseguire un saluto militare e si limitò ad annuire vistosamente, ringraziandomi prima di congedarsi. Dopo alcuni giorni, persi un pezzo importante della mia organizzazione. Michael Jefferson diede le dimissioni dalla J.J.F. adducendo a giustificazione gli impegni eccessivi per la sua età e i consigli dei medici. Non me lo aspettavo! Forse temeva che fra le tonnellate di informazioni palesemente false o improbabili, qualcosa di vero potesse esserci, se alcune notizie venivano riprese anche da giornali ritenuti attendibili. Trascorrevo la maggior parte del tempo nel mio rifugio, frequentando gli studi delle prove e studiando come fare per non dimostrarmi un ricercato in fuga, con la paura di incrociare la polizia pur mantenendo la consapevolezza di essere innocente. Dopo dieci giorni dall'incarico, Rudolph Stanford venne per presentarmi il primo rapporto sul suo operato. Era riuscito a completare il suo sistema di contenimento del prodotto della *macchina del fango* ottenendo i primi risultati. I giornali e i *social network* più scatenati a lanciare palate senza alcun ritegno, erano stati costretti a rallentare il ritmo e a non riempire troppo i badili. Era stato richiesto solo un intervento del tribunale di prima istanza federale. Istintivamente, ma non logicamente, lanciai uno sguardo al mio *pallottoliere.* Aveva rallentato notevolmente la discesa. Prima di congedarsi *Colin Powell* mi porse un foglio dicendo – Riguardo alla sfera personale circola solo questa unica foto fatta a un ascensore di cristallo a Los Angeles. Abbiamo fatto le prove: è stata molto elaborata per rendere così chiari e riconoscibili i due personaggi che si baciano. Con un semplice scatto *pulito*, non si sarebbe potuto ottenere un risultato simile. Se si tratta di un fotomontaggio faccio procedere contro per direttissima. – No, lasci perdere e non commenti in nessun modo. Grazie, ottimo lavoro fin qui. – Presi il foglio e raggiunsi Betty. Lei la guardò e mi disse – Mister Tami Wonder, le sconsiglio di rilasciare questo tipo di autografo, specialmente in questo periodo sanitario. – Risi e canzonandola le domandai – Come, non sei gelosa? – No, sono osservatrice razionale. Per far vedere bene l'azione, il fotografo non ha potuto nascondere i particolari delle espressioni del volto, la posizione delle braccia e della lingua. Per cui era un semplice *autografo* a una *hostess* e non il saluto di uno stallone alla coprotagonista, dopo una notte... tumultuosa! – Disse abbracciandomi e dandomi l'esempio di un bacio differente. Avevo superato l'unico rischio che potessi correre su quel versante.

Mi sono imbattuto in una notizia riguardante l'omicidio di una ragazza, perpetrato con estrema efferatezza dal giovane compagno di una vita. Dagli amici di entrambi il loro amore veniva descritto come un modello, il sogno di molti che speravano di incontrare una persona capace di far sentire e di provare le stesse emozioni. Poi il raptus.

**Perdonaci Sally**
Eravamo fatti così!
Perdonaci Sally,
se non ci siamo accorti
che mentre pensavi di vivere
il tuo sogno d'amore
sempre più profondo,
sempre più intenso,
rimanevamo a guardare

rodendoci d'invidia,
e io o lei, si proprio io o lei
i migliori amici tuoi,
speravamo di trovarci al posto suo e tuo.
Vi vedevamo tanto vicini,
senza cogliere nulla di strano,
attenzioni e bacini,
carezze e regalini,
senza capire ti invidiavamo
perché non avevi paura della profondità,
resistendo alla pressione
che aumentava sempre di più.
Con la nostra stessa età
credevamo con invidia
che la bambina Sally
stesse diventando grande
più in fretta di noi, prima di noi.
Qualche confidenza,
magari dopo aver un po' bevuto,
ha lasciato trapelare
un vostro gioco sconosciuto.
Perdonaci Sally,
perché a noi pareva
che tu non avessi
 paura della profondità,
resistendo alla pressione
che aumentava sempre di più.
Pensavamo che funzionasse così,
che fosse normale
che funzionasse per tutti così!
Mentre ti bisbigliava all'orecchio
sei mia, sei mia, sei mia,
non ti faceva spaventare:
ti faceva impazzire,
prima dolcemente
o come gli chiedevi tu
ti faceva impazzire.

Resistevi alla pressione
che aumentava sempre di più,
mentre l'ebrezza piano piano
sfumava in fastidio
stonato col breve passato
di quell'amore travolgente.
Quando  lui volle portarti
ancora più giù
come un animale
padrone e dominante
che doveva far male
senza mollarti un istante,
volevi risalire a galla
per respirare ancora,
lasciandolo solo nel suo abisso.
Perdonaci Sally,
se non ci siamo accorti
che cercavi di sopravvivere
al tuo sogno d'amore,
di aver scambiato la tua angoscia
in un malessere passeggero,
prima che l'animale
facesse scempio di te.
Ti abbiamo perduta per sempre,
ma oltre a ricordare,
qualcosa dobbiamo fare.
Possiamo dire
alle ragazze come te
che un sogno d'amore,
sempre più profondo,
sempre più intenso,
non può avere un padrone
che lo picchia e gli fa male.
Anche se gli scappa
una sola volta
e subito dopo ti chiede perdono,
non glielo dare,

non glielo dare.
C'è poco da pensare
se credere o non credere:
non è questo il problema.
Non occorrono attente riflessioni,
mollagli un calcio nei coglioni.
Perdonaci Sally,
se, per te, questo consiglio
arriva troppo tardi!
Perdonaci Sally,
perdonaci Sally,
perdonaci Sally,
perdonaci Sally,
perdonaci Sally.
L.A. Universal R. mi chiamò per sollecitare la data per un nuovo concerto e una nuova uscita. In questo modo avremmo mantenuto caldo il repertorio precedente e agevolato la risalita della china, dopo i contraccolpi recenti. Concordammo il periodo considerando che l'emergenza sanitaria in atto prevedeva precauzioni e pubblico ridotto. Mi consigliarono di mantenere la linea già collaudata sobria e, al tempo stesso, dirompente. Con la band scegliemmo i pezzi nuovi da miscelare con i *cavalli di battaglia* e, perfezionata la scaletta, iniziammo le prove con grande entusiasmo. L'avvocato Bryan riuscì a dimostrare l'origine fasulla del dossier che attribuiva alla company *manovre economiche illegali* e in pochi mesi furono completate positivamente tutte le verifiche iniziate. Mi veniva restituito l'onore di contribuente diligente anche se gli strascichi e qualche residuo del *fango* avrebbe resistito all'operazione di lavaggio. *Colin Powell* fu quasi deluso che il potente apparato di difesa da lui creato fosse già da smantellare. Lo gratificai con un soddisfacente aumento economico e l'ingresso nella fondazione come vicepresidente. Si congratulò anche Michael Jefferson per l'esito dell'indagine. Offrì nuovamente la sua disponibilità per la fondazione ma, rispondendo a un oscuro impulso, lo ringraziai e gli dissi che avevo incaricato il

vicepresidente Aziz, che già svolgeva le sue funzioni, di sostituirlo. Naturalmente, la nomina retroattiva avvenne con pochi click durante la telefonata, mentre pregavo il capo della J. Art Production di rimanere buon contribuente della fondazione. Accusò brillantemente il colpo rassicurandomi, ma prevedevo un rapido assottigliamento delle sue donazioni. Sentii il bisogno di tornare a casa, prima di riflettere su quali sarebbero stati i prossimi passi per fermarmi. Nonostante le promesse Jasmine doveva reclamare per avere vicino suo padre e mi accoglieva con il broncio più bello mai apparso sulla bocca di una *baby*. Giocai come le piaceva conquistando molte risate irrefrenabili. Con le mie smorfie strane da Eddie Murphy si divertiva anche la madre. Riuscii a farle consumare tutta la pappa sprecandone solo il venti per cento. Poi fu il momento delle coccole e di vederla addormentare come mi era accaduto raramente senza l'intervento della mamma. Dopo i minuti di contemplazione Betty me la prese e la depose nella culla. Parlammo allungo di lei, del futuro migliore che potessimo darle facendola crescere con i nostri principi fin da piccola. Pensavamo di cominciare con la socializzazione aperta con la frequenza di uno dei numerosi nidi comuni, non esclusivi per figli di vip, poi con la prudenza, la solidarietà, l'uguaglianza... Betty disse – Alt, fermiamoci. Di questo passo, in un paio d'ore le programmiamo fino al matrimonio. Il bello di avere e far crescere un figlio è anche crescere con lui, vedendo il suo sviluppo, le sue performances, supportarlo quando e quanto gli serve. Dobbiamo essere noi abbastanza equilibrati da non dargli la possibilità di farlo diventare una bambola perfetta in tutto, come un automa che si scontra e cade al primo incontro diretto con la realtà. – Dopo una simile lezione non osai replicare normalmente e da Tami *Murphi* le dissi – Ok, allora ne facciamo subito un altro? Così avremo maggiori possibilità di poter commettere qualche errore e non rischierà di rimanere figlia unica. – Lei avrebbe voluto aspettare ancora sei mesi, ma per quella notte fece un'eccezione bisbigliandomi all'orecchio dopo averlo

mordicchiato – Ok, carogna: se arriva, arriva!
Il giorno dopo fischiettavo come il fringuello della mia canzone. Mi aveva chiamato il prof Hector Sullivan che mi salutò molto familiarmente. Si disse contento che fosse stata accertata la mia coerenza e se, insieme agli altri allievi, fossi interessato ancora a qualche sua lezione. Ovviamente risposi affermativamente. Ci facevano bene i discorsi di quel professore.
Giunse più euforico del solito. Ci salutò molto rapidamente e passò subito ad introdurre l'argomento del giorno. – Avrete sentito parlare dell'Universalismo? – Noi studenti ci guardammo smarriti come per cercare la possibilità di una affermazione collettiva. Il prof ritenne opportuno regalarci qualche nozione dicendo – Solo per introdurre l'argomento. Nell'Europa medievale nacque la teoria di una società universale formata di componenti uguali in cui tutti avessero gli stessi diritti e doveri di fronte alla legge e agli altri. La Chiesa l'Imperatore, fin da subito, si aggrapparono alla brillante idea prima che galleggiasse facendola affondare per due motivi: l'attribuzione della paternità e della patria potestà, il prevalere dell'egoismo in tutte le sue accezioni. Dopo il naufragio è stato più volte ripreso, conteso e rimaneggiato nella storia fino ai nostri giorni, considerato come una teoria strampalata di pochi pazzoidi.
I fondatori della Repubblica Americana come Jefferson, Washington, Madison, Jay credevano di aver raggiunto una sintesi perfetta. La Repubblica Americana in quel momento storico appariva come contrapposizione a un'Europa sotto il dominio monarchico. Qui si stava realizzando la compatibilità perfetta tra l'affermazione del potere da un lato e il rispetto della libertà individuale dall'altro. Questa soluzione apparve tanto convincente da venire presto percepita dagli *autori* come un modello universale esportabile in tutto il Mondo. Tale consapevolezza è presente nella politica americana fin dall'inizio perché proprio i progettisti della Repubblica Americana ritennero di dover connettere strettamente la loro politica estera quanto

accadeva in patria.

La libertà religiosa è assolutamente fondamentale e segnò la pista per tutte le altre libertà che lo Stato doveva garantire agli individui. La prima a stabilire la tolleranza religiosa come principio fu la Pennsylvania nel 1684. Dall'Europa gli Stati Uniti saranno visti come un moderno laboratorio di libertà perché l'idea della libertà religiosa e della tolleranza è un'iniziativa innovativa rispetto al loro continente. - Hector Sullivan improvvisamente si fermò. Si accorse che non lo seguivamo con attenzione e troncò la premessa poco adatta a studenti del nostro tipo. – Bene! – proseguì - Veniamo ad oggi! L'unico universalismo meritevole di essere considerato, perché cura gli interessi collettivi dell'umanità intera, e quello della Società Universale. È il solo che, salvando gli individui da sottomissioni schiavistiche da parte della collettività, inserendo le regole necessarie per creare e garantire il riconoscimento dei diritti fondamentali di tutti, possa consentire lo sviluppo individuale di ognuno, mantenere le diversità intellettive o geniali personali, nonché favorire le opportunità di svilupparle a chi, pur possedendole, non avesse i mezzi necessari per coltivarle e utilizzarle. Sancito il diritto-dovere alla solidarietà, istituito come obbligo contributivo, la Società manterrebbe tutte le classi sociali di oggi, escluse quelle degli ultimi, penultimi, poveri, discriminati e impedirebbe la corsa sfrenata a dominare il Mondo di qualunque altra categoria ispirata dagli altri egoismi. Elencherò solo un piccolo numero di parole che hanno una radice legata all'egoismo. Nello schema elementare che vi propongo troverete, per esempio, il "Nazionalismo" come definizione della teoria che antepone il modello dell'egoismo di una NAZIONE alle altre, ledendo platealmente i principi di giustizia e di uguaglianza, presupponendo l'esistenza di privilegi individuali, di gruppo, di clan di regione, di popolo eccetera. Desidero che non abusiate dello schema per inserirvi elementi estranei o non appropriati. Ho stima sufficiente delle vostre intelligenze e ritengo che abbiate la capacità critica necessaria per evitarlo.

NAZ
NAZIONAL
FASC
COMUN
SOCIAL
LIBERAL
RADICAL
SOVRAN
POPUL
INTEGRAL
CAPITAL
INDU
ISLAM
INTEGRAL
LOBB
LIBERISMO
DISFATT
PACIF
PIET
PRAGMAT

**EGO**ISMO

Ovviamente potrete divertirvi a trovare moltissime altre parole da aggiungere all'elenco, scoprendo pochissime eccezioni. Se prenderete consapevolezza di quanto vi ho appena detto, ingrandirete e renderete più forte la diga contro cui andranno a sbattere tutti gli intellettuali che cercano teorie con fantastiche soluzioni finali. Invece di chiedermi di proporre domande, vorrei comunicarvi che questa sarà la mia ultima lezione. Voi, come già detto, per me possedete gli strumenti sufficienti per approfondire e realizzare i vostri sani ideali. I miei studenti dell'università, invece, rischiano la mia sostituzione, non per motivi economici, che anche grazie a Tami Wonder non sono carenti, ma a causa di pressioni sconosciute trasmessemi dai superiori. – Il prof si guardò intorno e verso il soffitto, si avvicinò a noi tre e sussurrò concludendo – Siamo sulla buona strada, se cercano di sbarrarcela utilizzando anche occhi e orecchie *bionici*, oltre alle minacce più o meno esplicite.

Andai a prelevare *Colin Powell* e, prendendolo sottobraccio, lo trascinai fuori attraversando la barriera anti-cimici *indossate*, dopo aver abbandonato tutte le nostre appendici elettroniche possibili *cavalli di Troia*. Raggiungemmo il *rooftop* bar del palazzo di fronte e ci sedemmo ad tavolino interno. Lo chiamai per nome per sottolineare la straordinarietà del momento – Rudolph, non c'è sistema di sicurezza che tenga! Non possiamo preoccuparcene troppo perché chi ci spia, può arrivare dappertutto avendo a disposizione ogni mezzo inimmaginabile e insospettabile. Desidero solo che ti concentri sulla sicurezza fisica della mia famiglia che potrebbe essere nel mirino per eventuali azioni ricattatorie, di minaccia o di troncatura. Mi fido solo di te. Farò solo l'ultimo concerto poco rischioso, poi cambierò sistema di comunicazione con i miei fans. – Per la prima volta vidi uno sguardo smarrito in *Colin Powell*. Non recitava. Diventò paonazzo per un probabile sbalzo di pressione. Bevve lentamente un bicchiere di acqua e poi disse – Ok, signor Jefferson. Metterò in gioco anche la mia stessa vita per questa missione. Voglio che abbia la certezza di potersi sentire al sicuro e vivere tranquillamente con la famiglia. Confidi in me e nella mia enorme riconoscenza per quello che mi ha dato facendomi rinascere. - Gli diedi una pacca e gli strinsi la mano. Uscimmo per rientrare rapidamente a *casa*. Mi chiese di seguirlo sempre a breve distanza e *obbedii* anche per dimostrargli fiducia. Nell'attraversare fu sfiorato da una moto di grossa cilindrata, perse l'equilibrio e cadde dopo aver tentato goffamente di evitarla. Mi precipitai per soccorrerlo...

- Si è precipitato per soccorrermi non accorgendosi del sopraggiungere di una seconda moto che ha evitato me, ma ha investito in pieno Tami Wonder. – Rispose Rudolph Stanford agli agenti che cercavano di ricostruire la dinamica dell'incidente. Era anche lui in ospedale. Fisicamente non era stato minimamente scalfito, ma psicologicamente aveva subito la più grave ferita che potesse ricevere. Aveva disatteso l'incarico appena ricevuto e chi glielo aveva assegnato con fiducia lottava fra la vita e la morte. Betty fu avvertita pochissimo tempo dopo. Raggiunse l'ospedale e fu fermata dietro la porta della sala operatoria in cui Tami si trovava in attesa del secondo miracolo. Superando mille ostacoli, Stanford riuscì a rivestirsi e a raggiungerla. Nessuno era stato in grado di dare informazioni alla signora Cooper. Aveva saputo solo che il marito e *Colin Powell* erano stati investiti da due moto mentre attraversavano la strada. Per questo quando lo vide spuntare gli corse incontro e lo abbracciò. Il Pr la strinse fra le braccia e si commosse. Poi sedettero accanto alla porta e l'uomo raccontò gli istanti che avevano preceduto quella che cominciava ad apparire la cronaca di uno strano incidente. - Signora Cooper, mentre le parlavo della dinamica dei fatti accaduti, è nato il sospetto che questa storia drammatica non è stata imbastita dal fato casualmente. I due mezzi investitori sono partiti poco distanti l'uno dall'altro. Il primo ha provocato la mia caduta, il secondo, come fanno certi *bikers,* ha accelerato quasi fino a impennarsi per investire in pieno il signor Jefferson, ma non posso giurare che l'azione sia stata volontaria. – A Betty tale possibile risvolto interessava poco in quel momento. Si mise a fissare in silenzio la porta che doveva aprirsi, prima o poi. Come spesso accade in circostanze tragiche simili, l'attesa si trasformò in un'occasione per ripercorrere i momenti salienti della parte della sua vita con quel fantastico uomo che non voleva essere chiamato sognatore, aveva dichiarato il suo amore per la Società e stava cercando in tutti i modi di dimostrarlo con le sue azioni concrete. Si era da sempre

dichiarato "sopravvissuto predestinato a morire": perché anche quella volta non poteva ripetersi il miracolo? La voglia di vivere e il suo *angelo* erano riusciti già una volta in questo! La porta si spalancò e comparve un dottore che si fermò e la cercò con lo sguardo. Sembrava non volesse allontanarsi dal suo paziente. Lei gli corse incontro – Signora Cooper lo abbiamo messo in condizioni di non morire, per lo meno nei prossimi minuti. Lo abbiamo stabilizzato in uno stato di emergenza. Dobbiamo considerare un miracolo che abbia ancora alcune funzioni vitali: normalmente una *devastazione* come quella che ha subito il signor Jefferson produce il decesso istantaneo. Suo marito resta in coma e in costante pericolo di vita, e con questo o completato la parte più negativa e pessimistica della diagnosi. Ora le dico perché posso lasciarle un piccolissimo messaggio di speranza. È impossibile valutare alcuni danni, e non riusciamo a immaginare un decorso favorevole, ma stiamo tentando di generare la migliore preparazione possibile perché, qualora restasse solo una possibilità di sopravvivenza, la stessa possa realizzarsi – Betty annuì e con un grande sforzo, riuscì a pronunciare un "grazie". Tornò verso Rudolph Stanford, riassunse laconicamente il primo *verdetto* e lo pregò di continuare a occuparsi dei suoi incarichi confermando la fiducia espressa dal marito. *Colin Powell* rimase turbato. Ringraziò e congedandosi disse – Signora Betty le manderò subito una mia addetta alla sicurezza. Ovviamente potrà rivolgersi a lei per qualunque sua necessità. -
I rapporti delle ore successive la informarono della stabilizzazione di Tami Wonder, dell'allontanamento sempre maggiore del pericolo di vita e del coma che lasciava trapelare la sua non assoluta profondità. Solo quando il chirurgo la informò che presto avrebbe sciolto la prognosi riguardo alla morte improvvisa, la donna chiese alla bodyguard di *presidiare* al suo posto. Aveva bisogno di andare a casa e curarsi un po' di Jasmine.
Betty cominciò a considerare di dover *governare* le varie attività della company come avrebbe desiderato Tami. Dal

rischio corso di una improvvisa e prematura scomparsa era passata a dover gestire tutto temporaneamente, in previsione del suo *ritorno*. Il dottore non aveva ancora rassicurato né sulla quantità del recupero né sulla sua qualità, ma lei scelse di prevedere per marito una riabilitazione al cento per cento. Tutta l'informazione aveva dato grande risalto all'incidente della star. Anche i social network avevano dimostrato grande sensibilità, tolta la piccola valanga di insulti ed esultanze di odiatori seriali e sciacalli che si auguravano la fine completa del cantante. Con i giorni l'attenzione si attenuò, l'inchiesta si avviò a essere archiviata come tragico incidente colposo, e pochi mass-media continuarono a occuparsi del decorso lunghissimo e pieno di incognite riguardo ai possibili postumi.

Betty Cooper ben presto si accorse di essere in cinta del secondo figlio. Lo disse subito a Tami Wonder al primo appuntamento quotidiano che aveva in una stanza dell'ospedale in cui il marito, incosciente e collegato ad alcuni macchinari, *smaltiva* il suo coma. Le avevano detto di parlare normalmente, come se il paziente potesse sentire, capire e rispondere, anche se al momento mancavano tutte e tre le funzioni. – Quasi certamente sarà fratello per Jasmine. Spero che il nome potremo sceglierlo insieme. Io ho già un'idea - Poi gli chiese se potesse selezionare un po' di brani inediti, trovati sul suo *libretto* personale. La L.A. Universal aveva richiesto qualche bel pezzo per mantenere caldo il suo posto nelle classifiche in attesa del rientro. La risposta virtuale fu affermativa.

**La scoperta**

Ci sono alcune cose
che avvengono per magia,
si ripetono da quando esiste il Mondo,
ma destano sempre una grande meraviglia.
Una di queste e la nascita di una creatura.
Non la scegli sul catalogo,
non devi pagarla con la carta di credito,

non ti arriva col corriere,
non puoi restituirla al mittente
se è difettosa o non ti piace.
Quando non corrisponde
a quello che volevi
o qualcuno te l'ha imposta,
nasce per sbaglio o per errore,
non puoi distruggerla
come un documentò compromettente,
devi affidarla ad altra gente.
Nasce di solito da un atto d'amore,
per quell'istinto di conservazione
che ti spinge a desiderare,
prima di finire, di ricominciare,
prima di finire, di ricominciare,
di ricominciare prima di finire.
Un bambino sorge come sorge il sole,
diventa più forte a mezzogiorno,
poi comincia a morire fino al tramonto,
contento di lasciare splendidamente
il posto al nuovo giorno.
Quale disperazione
può portare alcune persone
a odiare questo momento
come una sventura
di cui aver paura?
L'amore non si fa per noia,
si aspetta che se ne abbia voglia,
per dare sfogo alla passione
e quando è il momento culminante
 si fa sempre con piacere,
oh sì e che piacere!
Se vuoi avere un figlio,
chiedilo alla donna che ami,
all'uomo che ti ispira
che è disposto ad investire
una parte del suo avvenire.

Chi nasce ha voglia di vivere,
ha il diritto di vivere,
di essere nutrito e curato
da chi non ha potuto
scegliere sul catalogo
da chi nascere,
prima di essere nato,
o cambiare alla consegna
una sfigata destinazione.
Ha bisogno di essere aiutato
perché non è capace
di pretendere ciò che gli è dovuto,
ciò che gli è dovuto
gli deve esser dato,
gli deve esser dato
gli deve esser dato.
È il diritto di ogni bambino
anche quando, come Tami Wonder,
nasce predestinato a morire
subito dopo esser nato.
Avvicinandosi la data del concerto nel palasport previsto e in gran parte provato. In un primo momento la band aveva proposto di sostituire Tami Wonder con uno dei ragazzi più promettenti *dell'incubatoio*. Il risultato fu apprezzabile e aveva ottenuto l'approvazione della signora Cooper e di *Colin Powell,* ma fu la L.A. Universal R. a opporsi e a preferire l'annullamento della data e la proposizione di una delle prove registrate col protagonista prima del tragico evento. Il pubblico avrebbe apprezzato meglio.

Erano passati otto mesi dall'incidente. Le terapie riabilitative erano iniziate su di un corpo che aveva visto migliorare la sua tonicità ma ancora non manifestava segnali di autocontrollo. Anche le numerosissime fratture si erano ricomposte in maniera perfetta. Si avvicinava il momento cruciale del graduale risveglio e della verifica dei danni neurologici permanenti. Betty, pur sconsigliata dai medici, chiese di essere presente. Nelle prime due ore non accadde nulla. Poi iniziarono le contrazioni e, prima di essere accompagnata in sala parto, si rivolse al marito dicendogli –: Aspettami: dammi il tempo di far nascere Salim Tami Wonder e torno subito. – Dopo quattro ore, tornò e da dietro la grande vetrata che la separava dal marito, osservò i suoi grandi occhi socchiusi. Lui non sorrise, ma la parte visibile del volto le parve felice. Il medico si congratulò con la neomamma e poi la informò – Signora Cooper in pochi minuti è ripresa un'attività cerebrale incredibile. Nessun caso simile da me affrontato ha avuto una evoluzione così rapida. È come se avessimo riacceso un potente computer e, nonostante la complessità organizzativa del *resettaggio*, in poche frazioni di secondo fosse tornato operativo, pronto per essere riutilizzato. Le premesse sono buone. Le prossime ore ci diranno quale percentuale di recupero potremo raggiungere rispetto al cento per cento, ma sicuramente sarà in grado di tornare a *romperle le scatole.* – Lei prese la mano del dottore e la strinse fra le sue.

Quando *Colin Powell* lesse casualmente che il professor Hector Sullivan era rimasto vittima di un balordo che cercava di rapinarlo nel Central Park, guizzò nella sua mente la conferma dell'idea del complotto che prevedeva di fermare il suo capo e il presunto ispiratore della rivoluzione della Società. Aveva fotografato i fogli di un testo che, in un momento di sconforto, gli aveva mostrato per sottolineare cosa potesse scatenare contro di lui l'ira dei potenti. Tami Wonder era molto preciso e non gli aveva mai mostrato altre canzoni, sebbene fedelissimo Pr e le mille altre funzioni affidate. Cercò nella memoria pluri-criptata del suo portatile e trovò le foto.

**Oro**

Quando vedrai un ricco
non te ne innamorare
se ti farà vedere il suo oro
o te lo farà toccare.
Quando ti dirà
con una voce convincente,

magari con l'effetto eco,
SEGUIMI, SEGUIMI, SEGUIMI:
quello che tu vedi ora
lo potrai avere, davvero lo potrai avere.
Sesso, champagne,
ville e qualche yatch
ormeggiato qui e là nel Mondo,
da raggiungere col jet
per risparmiare fatica e noia
di navigare e rubare il tuo tempo
a godere pienamente ogni momento
perché la vita non dura un'eternità.
Quando vedrai un ricco
non te ne innamorare
se ti farà vedere il suo oro
o te lo farà toccare.
Quel Gran Maestro
continuerà a dire:
con una voce convincente,
magari con l'effetto eco,
SEGUIMI, SEGUIMI, SEGUIMI:
quello che tu vedi ora
lo potrai avere, davvero lo potrai avere.
Non avrai bisogno di sognare
perché tutto quel che desidererai
lo potrai realizzare,
quando vorrai, potrai
farlo diventare realtà.
SEGUIMI, SEGUIMI, SEGUIMI:
Quello che tu vedi ora
lo potrai avere, davvero lo potrai avere.
Non fermarti a sentire
chi vuole toglierti la libertà,
frenare la tua ambizione
di diventare come me,
anzi: te lo posso dire, fratello?
Cento o mille volte meglio di me.

SEGUIMI, SEGUIMI, SEGUIMI.
Poi ti racconterà ancora
che qualche ciarlatano,
invidioso e impotente
parlerà alla gente
di morale e solidarietà
per frenare la tua intelligenza,
perché ti vorrebbe uguale a tutti,
eliminare la competizione.
caricando in un unico carrozzone
tutti con la catena al piede.
Quando vedrai un ricco
non te ne innamorare
se ti farà vedere il suo oro
o te lo farà toccare.
Per essere più convincente
aggiungerà ancora:
una volta fratello mio
ho incontrato un tale,
che mi ha detto sfacciatamente
di amare  l'altra gente
più di me stesso.
Gli ho chiesto una spiegazione:
non se l'aspettava!
Gli ho chiesto con insistenza:
perché dovrei fare come mi dici tu?
Qual è la mia convenienza?
Mi rispose perché avrai un premio.
Sì, dopo esser morto avrai un premio,
avrai un premio grande, dopo esser morto!
SEGUIMI, SEGUIMI, SEGUIMI,
amico mio: quello che tu vedi ora
lo potrai avere, davvero lo potrai avere.
Per sputtanare la promessa
gli ho domandato ancora: che premio, maestro?
Sai che mi ha risposto?
Vuoi sapere che mi ha risposto?

Non vedrai più un povero,
te lo prometto e avrai
sesso, champagne, ville
e yatch ormeggiati qui e là nel Mondo,
da raggiungere col tuo jet
per risparmiare fatica e noia
di navigare e rubare il tuo tempo
dal godere pienamente ogni momento
e l'altra vita durerà un'eternità.
Hai capito? Ha copiato
sperando di fregarti.
SEGUIMI, SEGUIMI, SEGUIMI me.
Io ti ripeto queta verità:
non so se c'è l'al di là,
ma quando vedrai un ricco
non te ne innamorare
se il suo oro ti farà vedere
o te lo farà toccare.
Non lo potrai mai avere:
mandalo a cagare.

Rudolph Stanford tentò di far riaprire le indagini cercando di far collegare la scomparsa del professore con l'incidente accaduto a Tami Wonder, ma gli investigatori non accolsero favorevolmente l'idea di svolgere una mole di indagini enorme per arrivare a dover comunque archiviare separatamente i due episodi. *Colin Powell* avrebbe incaricato degli investigatori privati, ma non si sentì di procedere senza essere autorizzato da qualcuno e desistette.

Trasferito in una clinica specializzata nella riabilitazione, a tappe forzate durate numerosi mesi pieni di terapie psichiche, fisioterapie, Tami Wonder riacquisì una quasi normalità. Mancava una piena autonomia nella deambulazione e nella gestione del linguaggio. Aveva conosciuto e iniziato a giocare col piccolo Salim protetto gelosamente dalla sorellina Jasmine e sembrava ancora non preoccuparsi eccessivamente della sua carenza vocale. Con

Betty aveva piena fiducia anche di quel recupero. Il secondo miracolo dopo la nascita, potevano considerarlo avvenuto.

Certo per un cantante come me, essere privato dello strumento principale per esprimermi, costituiva un handicap non secondario. Il ragazzo che avevo individuato dal *vivaio* era *intrappolato* dall'idea di dover imitare il mio personaggio e, nonostante gli incoraggiamenti a crearne uno nuovo, magari compatibile, ma prendendosi la piena libertà di interpretarne i testi, non producevano l'affermazione della sua personalità. Betty un giorno mi raggiunse trafelata portandomi l'audio di una ragazza che poteva risultare l'interprete dei miei brani. Era la campionessa di un concorso di karaoke per dilettanti. L'ascoltai con scarso entusiasmo per il contesto di origine. Mi sorprese. Oltre ad apparire una buona imitatrice nella esibizione di Overseas, dimostrava dei personalismi interessanti. La convocammo. Si presentò con entrambi i genitori. Aveva poco più di sedici anni e scoprimmo che era una studentessa della Willard School of Music. Il padre e la ragazza accettarono ben volentieri di fare delle prove in incognito e senza interrompere gli studi di cui la famiglia benestante, ma non agiatissima, faceva fatica a sostenere i costi. Io, in aggiunta al contratto di un anno a cinquemila dollari al mese, proposi un compenso che bastasse a finanziarli fino al loro completamento e a quello di eventuali specializzazioni. Chiesi tramite Betty di considerare l'esperienza come un supplemento scolastico, non una professione. Si convinse anche la madre che non voleva *bruciare*, in qualche modo, il possibile futuro della figlia. La giovane, ben impostata a seguire le indicazioni, i suggerimenti e le modifiche in corso di prova, dopo poche sedute di quattro o cinque ore al giorno, riuscì a ottenere risultati straordinari. Betty ancora una volta, aveva visto bene. Sally Doble-u, così decise di chiamarsi l'artista in incognito, dopo aver rinunciato alla sua prima proposta di *Tami Voice*, poco gradita alla L.A. Universal, non era una semplice imitatrice che scimmiottava ogni minimo gorgheggio o i gesti e le performances della star assegnatale come *compito*, interpretava senza personalizzare eccessivamente, dosando molto professionalmente l'intensità richieste dal testo. Sottolineava le parole o le frasi semplicemente avendo letto e studiato con sorprendente rapidità, senza necessità che qualcuno glielo spiegasse e le facesse *l'esempio.* In poco più di un mese arrivammo alla prima registrazione. La sentii *in cuffia* accanto al tecnico in diretta, avvertii dei brividi di emozioni indescrivibili. Più che un fan della ragazzina, mi sentii orgoglioso e felice come un papà che assiste al primo saggio di sua figlia. Sperai che la mia piccola Jasmine diventasse come lei. Riascoltai ancora due volte, poi diedi l'ok di approvazione. Vidi anche i ragazzi della band felici. Corsi, per così dire, da Betty per condividere. Fu molto soddisfatta. Subito dopo diventò seria come un'insegnante severa e mi richiamò sollevando l'indice – Un momento; Tami Wonder. Questo non significa che potrai iniziare la carriera di produttore e *talent scout* rinunciando a riprendere il tuo ruolo. I tuoi figli vogliono sentire dal vivo la voce del padre come l'ascoltano dai vari apparati che la diffondono. Ultimamente ho notato un minore impegno per recuperare. Attento perché io potrei bocciarti e farti ripetere l'anno. – In effetti negli ultimi giorni avevo trascurato gli esercizi e le sedute col logopedista, preso dall'*alternativa* che mia moglie aveva subito rilevato come soluzione comoda su cui adagiarmi. Intimamente non ero sicuro di riuscire a riavere la mia voce tanto da tornare al livello che mi aveva portato al successo. L'alternativa scoperta mi aiutava a tollerare più facilmente l'eventuale sconfitta. Arrivò il giorno del lancio. Questa volta si era occupata la L.A. Universal della campagna con foto e video che mettevano poco in risalto Sally come personaggio. Era stata inserita in strepitosi paesaggi e mirabili effetti speciali, spesso controluce o con flash che lasciavano trapelare la presenza di una giovanissima figura femminile. In certi momenti si trasformava in un *cartoon*, ma era sempre la sua voce in primo piano, protagonista della scena. Non era previsto un successo scoppiettante, ma un gradimento sufficientemente elevato. L'esperimento produsse un buon risultato. La risposta dei miei fans fu l'accettazione del mio *avatar* perché non aveva la pretesa di somigliarmi fisicamente, ma solo qualitativamente. Il celebre pallottoliere si mosse positivamente dopo un periodo di stasi quasi assoluta.

A due anni dall'incidente rimanevano poche tracce visibili fisicamente. Alcuni piccoli interventi chirurgici avevano ridotto o fatto scomparire del tutto i segni di lacerazioni e cicatrici sgradevoli. La voce risultava sempre più comprensibile, ma qualche problema dovuto ai traumi subiti dalle corde vocali, impediva la possibilità di progredire con la modulazione necessaria per essere espressiva di tutti i miei sentimenti, delle mie emozioni, della rabbia, dell'incitamento. Uno specialista mi propose un innovativo intervento di ricostruzione che portava con sé l'unico rischio di ritrovarmi con un tono di base irreversibilmente modificato rispetto a quello originario. Avrei riacquistato la potenza e la gestione completa del mio apparato vocale: mi avrebbero riconosciuto? Decisi di correre il rischio pensando che, comunque, sarei stato in grado di ri-addomesticare il mio *cavallo di battaglia* portandolo vittorioso al traguardo.

Ancora un mese fra operazione e attesa della rimarginazione. Le prime parole uscirono con un tono leggermente più gutturale. Betty mi disse che era addirittura migliorato. Appariva più *sexy*. Gradualmente, con caparbietà decisi di domare anche questo *cavallo*, pur sempre di razza. Parlo così di me e delle mie doti non perché l'incidente abbia modificato il mio carattere facendo crescere a dismisura la mia presunzione, ma per le sedute con lo *strizza cervelli* che, per agevolare il mio recupero, hanno puntato sull'autostima, sulla ripresa della consapevolezza delle mie doti performanti per impedirmi di scivolare in una depressione disastrosa. In effetti, in alcuni momenti tornavo inesorabilmente nella grotta da cui ero stato estratto da bambino e vedevo tutto nero. L'angelo di turno era Betty: tutto il resto appariva avvolto nel buio, come se non esistesse.

La scoperta di questa mia fragilità mi fece capire come

sarebbe stato diverso e faticoso il mio percorso senza gli aiuti, in mancanza della potente spinta propulsiva ricevuta da Jenny e da Maggie. Cosa sarebbe stato di me se non fossi stato *consegnato* a Betty? Lo psicologo insisteva a convincermi con una risposta banale ai miei sillogismi – Non è che tutti i figli dei ricchi diventino superlativi perché ricevono le più potenti *spinte propulsive* del mondo. Molti riescono ad emergere con enormi calci nel sedere, altri, precipitando, riescono ad afferrare i numerosi paracadute familiari, alcuni si schiantano, malgrado tutti gli sforzi dei congiunti per impedirlo. Tami Wonder, da un piccolo sostegno decisivo iniziale, ha dimostrato che chiunque, anche l'ultimo nella scala sociale, può diventare grande, solo se gli viene concessa la possibilità. - Mi tornò in mente il programma di insegnamento del professor Hector Sullivan e ne sentii la mancanza. Provai a chiamarlo numerose volte senza trovarlo. Chiesi a *Colin Powell* di rintracciarlo. Solo allora il mio *Pr* ricordò di non avermi ancora informato della sua tragica e banale scomparsa. Anche a me balenò la coincidenza dell'evento casuale con il mio *fortuito* incidente, ma Rudolph Stanford dissolse i sospetti sul nascere. – Gli investigatori si muovono solo dopo il terzo sospetto - ironizzò. Provai una profonda prostrazione. Tornai a casa e fui sommerso dalle esigenze affettive di Jasmine e Salim Wonder. In quel momento desiderai fortemente di essere un comune impiegato dipendente che, finito il suo turno di lavoro, può dedicarsi alla moglie e al resto della famiglia. Dopo aver raggiunto la vetta abbastanza agevolmente, mi sentivo estraneo al mio mondo, un immigrato sconosciuto che deve dimostrare con fatica cosa sa fare e di non essere un avventuriero alla ricerca disperata di una fortuna che non merita. Un giorno incrociai lo sguardo di una Betty molto preoccupata. Temeva che non riuscissi più a venir fuori dal mio bipolarismo, che attecchisse cronicizzandosi. Mi impose un mese di viaggio senza i bambini che sarebbero stati affidati agli *zii* Aziz e Zita coadiuvati dallo staff specializzato già familiare. Questa volta fu lei a decidere la meta e a studiare i particolari. Ottenne facilmente che fossimo coperti dalla tutela dell'ONU in qualità di osservatori internazionali. Come prima tappa raggiungemmo il confine col Messico dove si accalcavano i migranti provenienti da tutto il sud America con la speranza di entrare in USA. Venimmo a contatto con la realtà delle loro condizioni, ascoltammo numerosi racconti di viaggi interminabili in cui l'unico *mezzo propulsivo* era la speranza di non morire prima di aver raggiunto la meta. Non tutti provenivano da situazioni di fame o di miseria. Tanti fuggivano da guerriglie endemiche per imporre con la violenza il controllo del territorio, per sottomettere a uno schiavismo senza alcun rispetto per la dignità e l'umanità di uomini, donne e bambini di ogni età. In certi casi il narcotraffico, la deforestazione o lo sfruttamento delle risorse del sottosuolo, spingevano a *liberare* aree immense per svolgere le attività correlate. Spesso i mandanti di tali azioni erano multinazionali che fingevano di ignorare i *metodi* per raggiungere gli *obiettivi* prefissati. Volammo in sud Asia, nel sud Europa, nelle zone di confine, dove giungevano i flussi migratori dai quali ogni occidente cercava disperatamente di difendersi. Ci imbattemmo in panorami che avevano lo sfondo in comune. Si perpetrava la continua lotta fra l'egoismo e la solidarietà, fra il sogno generato da bagliori e luccichii dei vari Eldorado che spingevano ognuno a mettersi in marcia per raggiungerlo anche a costo della vita. La marcia di tutti era verso il benessere o verso migliori condizioni di vita. Potemmo cogliere anche il desiderio di numerosissimi di vedere il proprio luogo di origine fiorire e diventare vivibile, con leggi giuste e fatte rispettare, risorse, naturali o prodotte, utilizzate per far crescere tutta la società, rispetto degli individui e delle comunità senza privilegi. Tornando a New York, riguardando le foto, ripassammo i momenti salienti di quel viaggio e tornò prepotentemente fuori la motivazione della nostra vita. Betty mi disse – Tami Wonder, oltre ai nostri figli che hanno bisogno di tutti e due i genitori, c'è tutta la gente che abbiamo incontrato e l'altra che nessuno incontra mai che ha bisogno di te, di noi. La missione non è tanto quella di aiutare materialmente, economicamente tutti. Quella sì, sarebbe destinata al fallimento. Tu, con la tua forza, con la tua potenza e il nostro aiuto, devi convincere il Mondo, convertirlo. Per farlo, non ti puoi nascondere nelle retrovie. Devi tornare in prima linea e usare le armi che sai usare meglio: la tua voce e le tue canzoni! –

**Il sogno da far diventare realtà**
*( a John Lennon)*
Caro John non posso accontentarmi
solamente di sognare
e neanche di immaginare
che non ci sia quel che c'è,
di abolire il futuro
e vivere alla giornata,
aspettare che per magia
spariscano le frontiere
e tutti vivano come fratelli
in una casa tanto grande
in cui non ci si scanna
per avere qualche comodità
senza faticare o rubando il necessario
al debole affamato dal futuro già precario.
No caro John, non posso accontentarmi
solamente di sognare
e neanche di immaginare:
quel sogno è da far diventare realtà,
quel sogno è da far diventare realtà,
quel sogno è da far diventare realtà!
Anch'io sono un sognatore
come te, John, e insieme a Martin Luther
e tanti altri  mi unisco a te
e, prima di fare la stessa fine
per un fantomatico pazzo squilibrato,
voglio lavorare cominciando proprio da me,
usare i miei dollari e la mia abilità
perché il sogno di vedere il Mondo unito,

senza confini e pieno di solidarietà,
non rimanga tal qual è,
e diventi l'unica filosofia
far sparire ogni povero,
tutti i bambini morti per fame,
le vittime dell'ingiustizia
insieme ai seguaci dell'illegalità.
Voglio salvare le differenze,
le doti personali e le diverse abilità,
e sia legalizzato solamente
il ricco senza limitazioni,
che non voglia diventare
padrone di un Mondo da affittare,
purché contribuisca con la sua percentuale
 a far crescere tutti gli altri
e specialmente il discriminato,
l'ignorato e chi sta male.
Caro John, non posso accontentarmi
solamente di sognare
e neanche di immaginare
che non ci sia quel che c'è:
quel sogno è da far diventare realtà,
quel sogno è da far diventare realtà,
quel sogno è da far diventare realtà!
L'amore va coltivato e va curato
con la vanga e sporcandosi le mani,
non con la teoria o col trattore.
Serve a poco continuare a ripetere
vogliamoci bene, bisogna volersi bene,
abbracciamoci senza pugnalarci
per dimenticare dietro l'angolo
ogni buona intenzione,
parlando fra intellettuali
dei problemi dell'Umanità.
L'importante è che nessuno tocchi
il nostro amato orticello
né lo metta in discussione

e se qualche pazzo lo vuol fare,
basta pagare uno sbandato
che sappia sparare per metterlo a tacere.
Voglio correre questo rischio,
anzi un po' l'ho già corso.
Forse resterò in sordina,
ma non mi arrenderò mai:
No caro John, non posso accontentarmi
solamente di sognare
e neanche di immaginare:
quei sogni sono da far diventare realtà,
quei sogni sono da far diventare realtà,
quei sogni sono da realizzare!

**Personaggi principali**

| | |
|---|---|
| Jenny Jefferson | *Regista di spot* |
| Tamiru (miracolo) Wonder | *Figlio adottato da Jenny* |
| Maggie | *Madre di Jenny* |
| Jefferson art Production | *Società lavoro Jenny* |
| Michael Jefferson | *Capo della Società* |
| Judy | *Segretaria di produzione* |
| Jamila | *Interprete* |
| Jacqueline e Christine | *Suore missionarie in Etiopia* |
| Amadi | *Autista e guida etiope* |
| Sashua | *Sorella maggiore di Tamiru* |
| Salim | *Padre di  Tamiru* |
| Aminah | *Madre di Tamiru* |
| Betty Cooper | *Moglie di Tami Wonder* |
| Tizita (Zita) | *Interprete  e moglie di Aziz* |
| Aziz | *Marito di Zita* |
| Rudolph Stanford | *PR alias Colin Powell* |
| Hector Sullivan | *Prof Columbia Univ.* |
| Sally Doble-u | *Cantante avatar di T. W.* |

# Indice canzoni